Jacques LAUNAY

AF137476

QUE D'AMOUR !

Et autres nouvelles

Deuxième édition

Edition : BOD – Books on Demand
12/14 rond-point des Champs Elysées, 75008 Paris
Imprimé par Books on Demand, Norderstedt, Allemagne
ISBN : 978 2 322 16444 8
Dépôt légal : octobre 2018

Maître Fosselle, drapier

I

Hector Fosselle a tout pour être heureux. Il faut dire qu'il possède la plus belle boutique de tissus en tous genres de la ville. Placée sur la grande place de l'hôtel de ville, elle est une ode au commerce du textile. Sa devanture est composée de deux vitrines, chacune de quatre mètres, de part et d'autre de la porte centrale, porte qu'Hector vient de remplacer par un tambour actionné par un commis chasseur.

Hector est satisfait de son ascension depuis qu'il a succédé à son père, successeur lui aussi de son géniteur. Cette activité se poursuit donc de père en fils, et Hector compte bien sur Auguste, son fils ainé de 27 ans, pour continuer dans cette voie. D'ailleurs, Hector souhaite lui exposer ses envies d'agrandissement et d'élargissement de l'offre de produits.

Et puis à l'intérieur, que de tissus : des plus simples comme les draps de coton aux plus originaux issus de nombreux pays du monde : les alpagas et les cachemires côtoient les toiles de Jouy et les madras. Plus loin, on y trouve des tulles et des mousselines. Les serges, les tweed et les coutils sont au fond de la boutique après les cuirs et les taffetas. Pieds-de-poule, chevrons, Prince-de-galles, moleskines viennent compléter le choix de tissus. Les soies chatoyantes, quant à elles, sont mises en avant pour inviter à pénétrer dans cet antre de plaisirs textiles.

Se promener dans les larges allées de sa boutique, c'est comme errer dans une oisellerie aux plumages de toutes les couleurs, des unis sombres au plus clairs, comme des imprimés géométriques, à fleurs ou bariolés. Presque tous les sens sont excités : l'ouïe au froissement des tissus, la vue de cet environnement irisé, l'odorat par les senteurs mélangées de tissus neufs, le toucher à leur contact.

Toutes les confections sont permises : des simples mouchoirs aux robes les plus sophistiquées, du classique au fantasque, du caleçon au frac en passant par le spencer.

Ce qui fait la fierté d'Hector, ce sont aussi tous ces accessoires qu'il propose à sa clientèle : des classiques boutons aux perles multicolores, des boucles de ceintures aux papillons manufacturés.

Mais plus encore, sa grande satisfaction est le réseau de lampes à gaz qu'il a installé dans toutes les allées et au-dessus de tous les comptoirs de sa boutique. Grâce à cette modernité, les clientes peuvent bien apprécier les détails de ses produits, et les vendeurs font admirer les couleurs chatoyantes des tissus. Il est moins nécessaire de se rapprocher de la vitrine, voire de sortir sur le trottoir pour apprécier les produits. Selon Hector, sa clientèle lui reste fidèle grâce à ce dispositif d'éclairage, et surtout, il a la satisfaction de voir de plus en plus de nouvelles têtes délaisser progressivement ses concurrents.

Oui, Hector se sent invincible. Sa renommée s'étend au-delà de la ville. Il la mesure lorsqu'il rencontre ses fournisseurs qui le flattent sur son commerce. Oh, il n'est pas dupe ! On ne trompe pas facilement une si grande expérience dans ce métier : c'est bien l'intérêt de ses fournisseurs de lui caresser la manche. Mais il ressent aussi une certaine part de vérité dans leurs propos.

Et que dire de son personnel : sa plus grande victoire fut de recruter le premier vendeur de Parson, son principal concurrent. Un véritable coup dur pour ce dernier. Mais, dans les affaires, Hector considère qu'il n'y a pas de place pour les sentiments. Les neuf vendeurs et les quatre commis permettent de satisfaire les désidérata des clientes. Et bien sûr, sa femme Ernestine tient la caisse. Hector se sent une âme de chef d'orchestre avec tout ce petit monde autour de lui.

Enfin, il se considère le tuteur, le professeur, le maître d'apprentissage de son fils Auguste pour lui enseigner toutes les ficelles de son métier.

Auguste est une source de fierté pour Hector qui le voit prendre très à cœur son rôle de futur successeur. Il apprend vite à conseiller les clientes, à les accompagner dans leurs choix, à recommander les tailleurs idoines, et surtout à orienter les clientes vers les produits les plus avantageux pour le bénéfice de la boutique. Bien sûr, il faudra aussi lui apprendre les ficelles de la négociation avec les fournisseurs et connaître les circuits d'approvisionnement. Mais déjà, Auguste s'intéresse aux nouveautés attractives pour des clientes qui en sont friandes . Et il n'est pas question de passer à côté de ces opportunités commerciales !

Auguste sera son seul successeur : son deuxième fils Ernest veut devenir médecin. Son dernier fils semble vouloir embrasser une carrière militaire dans les colonies. Quant à sa fille, il faudra lui trouver un mari, si possible de bonne fortune.

En dehors de sa boutique, Hector est une personne respectée. Il ne participe à aucune fonction municipale, ni cantonale, ni départementale. Mais à l'occasion de diverses manifestations organisées par les hommes politiques, sa présence est toujours appréciée. Dans la rue, il est régulièrement salué avec déférence. Quand il revient à sa boutique, quelle satisfaction pour lui de contempler sa grande devanture et son enseigne « Hector Fosselle, Drapier ».

Dans les réunions de famille, sa parole est très écoutée.

En un mot, Hector a réussi sa vie. Dans deux décennies, certainement, il pourra se retirer avec satisfaction, acheter un manoir dans les vignobles alentours et profiter d'une vie proche de la nature, y recevoir ses petits-enfants, dont l'un d'eux sera drapier, il l'espère bien. A l'inverse de son père, il arrêtera son activité et laissera son fils seul aux commandes de sa boutique. Il transmettra le métier à son tour. C'est son souhait d'aujourd'hui.

Qu'il pleuve, qu'il vente, ou sous un soleil de plomb, en toute saison de l'année, la boutique ne désemplit jamais. Très rares sont les jours sans clientes qui viennent constater les nouveaux arrivages. Il n'est pas nécessaire de les informer. Auguste a compris qu'il suffit de laisser les chariots d'arrivages stationner longuement sur la place de l'Hôtel de Ville pour que la rumeur se propage dans les foyers bourgeois. Les lendemains, la boutique est pleine, les discussions sont animées, les envies de nouveautés ressurgissent et les rumeurs font écho dans les salons des clientes.

II

Ce dimanche-là, il pleuvait fort. Personne ne souhaitait se risquer dehors pour la promenade dominicale dans le jardin public. La pluie martelait la véranda à l'arrière dans un bruit infernal. Chacun s'installait près des fenêtres pour recueillir le peu de lumière qu'un ciel orageux émettait.

- Dis Papa, se lance Auguste, je lis dans l'Excelsior qu'un pavillon de l'exposition universelle est entièrement éclairé par de l'électricité. C'est nouveau !

- Ce ne serait pas une de ces inventions qui va encore capoter ?

- Je n'en sais rien, mais ce doit être génial ! Pas de fumée, pas d'odeur.

- Je crois que c'est très dangereux. J'ai lu que des personnes ont été commotionnées dans des laboratoires ou des ateliers, du moins dans des endroits où on a testé cette élucubration de savants. Je me garde bien de m'intéresser à ces dangers.

Il se trouve que Gaston Hugard, le maire avant-gardiste de la ville, lit le même article et en retient un avis opposé à Hector. Et pourquoi pas dans sa ville ? Gaston Hugard a compris qu'une chute d'eau permet de faire tourner un générateur qui va délivrer un fluide ; et par chance, la Drave, rivière qui passe fougueusement dans la ville, possède une chute d'eau proche des premières habitations. Pour Gaston Hugard, il suffirait d'installer le générateur à cet endroit et de faire circuler le fluide électrique à partir de ce lieu.

Evidemment questionné, Hector lui répond :

- C'est une dépense inutile pour quelque chose qui ne nous servira pas. Ecoute, Gaston, la ville est bien pourvue en distribution de gaz. C'est même grâce à toi ! C'est comme si tu te reniais. Si tu le fais, ne compte pas sur moi pour t'appuyer sur cette proposition. Bien au contraire ! Je préfère que tu le saches.

Mais Gaston Hugard ne consulte pas qu'Hector, même s'il se trouve un peu décontenancé par sa réponse clairement négative. Ce n'est pas dans les habitudes d'Hector.

Quelques semaines plus tard, le maire rend visite à Hector.

- Hector, j'ai à te parler. Tu as un peu de temps à me consacrer ?

- Oui bien sûr. Tu veux me reparler de cette satanée électricité ?

- Oui Hector. Je voulais te tenir informé. On va l'installer, ce générateur. J'ai même été surpris par l'enthousiasme de certains auxquels je ne m'attendais pas du tout.

- Ah bon, qui par exemple ?

- Tiens, la mère Hortense, elle en voudrait.

- Parce qu'on a besoin d'y voir clair dans un lupanar ?

- Hector !!!

- Ainsi, vous pourrez mieux regarder celles avec qui vous forniquez…

- Hector, où vas-tu chercher ces idées ?

- Ce n'est pas moi qui vais les chercher, c'est vous qui allez trouver les filles. De toute façon, c'est simple pour vous : le samedi soir chez Hortense, le dimanche matin à la confesse pour vous faire pardonner.

- Hector !!!

- Il n'y a pas d'Hector dans ces lieux. Je ne vais pas à la messe car je n'ai pas besoin d'obtenir le pardon de Dieu.

- Là, tu blasphèmes, Hector.

- Ah oui, aimez-vous les uns les autres, qu'ils disent à ta messe. Tu les aimes ces filles, ou tu les fais exploiter ? Sous ta protection de maire, je te signale en passant.

- Eh bien Hector, moi je les aime, et c'est pour cela que je leur rend visite, comme on rend visite à un parent.

- Bon Gaston, tu ne veux pas installer ce générateur que pour Hortense ?

Gaston empoignait son chapeau dans la main, signe d'une gêne et d'une difficulté à aborder le vrai sujet.

- Hector, il faut que je te dise, Gustave Parson veut installer l'électricité dans sa boutique.

- Et alors, que veux-tu que cela me fasse qu'un concurrent utilise ce fluide chez lui ?

- Hector, je voulais que tu le saches. Cela me paraissait important pour l'avenir de ta boutique.

- Ecoute Gaston. Je suis le marchand de tissu le plus fort dans la ville, bien placé sur la grande place. J'ai une grande partie des clientes bourgeoises, tu le sais. Où est le problème si Parson installe l'électricité chez lui ?

- Moi, je ne suis que menuisier. Je ne connais pas ton métier, mais je voulais au moins t'en informer. Dans mon atelier, avec l'électricité, je ferai tourner des machines. Ce sera mieux que la roue à aube.

- Oui, mais moi, Gaston, je n'ai pas de machines à faire tourner. Donc, je n'ai pas besoin de ton électricité.

- Bien. Tu es sûr de toi, Hector ?

- Pardi. D'ailleurs, imagine ma réputation si des personnes tombaient de commotion à cause de ce fluide dans ma boutique comme je l'ai déjà lu. Un vendeur se remplace facilement – il y en a qui n'attendent que mon appel pour venir travailler chez moi. Mais une cliente indisposée, ce sont des recettes en moins, qui ne se remplacent pas ; et d'autres clientes n'oseront plus rentrer dans ma boutique. Alors, ton électricité, donne la, vend la à qui tu veux, mais pas à moi.

Le soir de cette rencontre avec le maire, Hector évoque sa conversation à sa famille au cours du diner.

- Tu es sûr de toi ? lui demande Auguste. L'électricité permettrait peut-être de mieux voir dans la boutique.

- On voyait mieux dans le pavillon de l'exposition universelle ?

- Je n'en sais rien, je ne connais pas cette technique. Mais on pourrait peut-être se renseigner ?

- Ecoute, Auguste, pour moi, c'est non. Dans vingt ans, quand tu auras la main sur le commerce, tu pourras décider autrement.

III

Trois ans plus tard, la génératrice est installée sur la chute d'eau. Des fils électriques sont tirés dans la ville. La menuiserie du maire en bénéficie, tout comme d'autres ateliers, et bien sûr la boutique de Gustave Parson. Les clientes peureuses ne s'y aventurent pas, comme Hector avait su les instruire sur les dangers. Il avait bien réussi dans ce domaine. Sa réputation donnait une crédibilité à ses propos.

Alors, Hector se dit qu'il avait bien eu raison de ne pas installer l'électricité chez lui. La preuve : ses clientes lui restent fidèles. Oh bien sûr, quelques-unes s'y sont risquées pour se rendre compte de l'installation électrique et de ses effets. Pour elles, la présence d'un éclairage différent de celui du gaz ne compense pas le manque de diversités de tissus proposés par la maison Parson. Et les craintes de commotion diffusées par Hector les ont convaincues de ne pas y retourner. Alors, elles sont quasiment toutes restées fidèles clientes d'Hector.

- Alors, mon fils, tu vois, j'avais raison. Rien n'est changé, et Parson a dépensé de l'argent pour rien. Allez, le vieux Fosselle n'est pas encore mort ! Et puis, regarde, Gaston a fait éclairer la grand place, avec un réverbère à trois incandescences devant ma boutique. Il éclaire notre vitrine. Je ne paye pas son électricité, et elle me sert. Que demander de mieux ?

Sans qu'Hector en soit informé, les clientes bourgeoises questionnent de temps en temps leurs domestiques qui fréquentent la maison Parson. Elles apprennent qu'il n'y a jamais d'accident comme le prédisait Hector. Et puis elles entendent que l'éclairage s'améliore progressivement. Dans l'Excelsior, elles lisent que Thomas Edison invente régulièrement de nouvelles lampes de plus en plus éclairantes. Et elles savent alors que la lumière dans la boutique de Parson donne de plus en plus d'éclats aux tissus.

Alors, elles s'y rendent pour apprécier ces améliorations, elles se laissent tenter par les nouveaux tissus sous ce nouvel éclairage. Elles en parlent dans leurs salons. D'une aventure, les visites chez Parson se transforment en curiosités puis en achats. Petit à petit, elles deviennent de fidèles clientes.

Hector les voit ainsi progressivement déserter sa boutique.

- Mais alors, elles n'aiment plus mes tissus ? se demande-t-il. Elles se font faire moins de robes ? Pourtant, je les vois toujours bien habillées dans la rue, et ce n'est pas avec mes tissus !

- Tu oublies une chose, lui répond Auguste : tu n'as pas l'électricité dans ta boutique. Elles vont certainement chez Parson. Il y a moins de choix, mais c'est plus moderne. Je suis sûr que dans les salons elles s'informent sur leurs escapades chez Parson, comme s'il s'agissait de la visite d'une exposition.

- Eh bien, moi je vais aller les voir chez elles pour leur demander de revenir dans ma boutique. N'ai-je pas le meilleur choix de tissus à leur proposer ?

Aussitôt dit, aussitôt fait.

Hector se présente chez Madame Touret, femme du procureur et ancienne cliente fidèle, qui semble maintenant acheter chez Parson.

- Chère Madame Touret, je me permets de vous rendre visite pour connaître les raisons de votre détour de ma boutique.

- Oh ! je suis désolée mon cher Monsieur Fosselle. Il est vrai que j'ai pris effectivement goût à me rendre et faire mon choix chez Parson. Ce n'est pas à cause de vous, de vos tissus ou de votre personnel, mais j'ai trouvé qu'il est devenu plus facile de faire son choix dans cette maison à cause de l'éclairage plus intense, et qui met les tissus davantage en valeur.

- Alors, si je comprends bien, Madame Touret, lui demande Hector, je dois moi aussi installer l'électricité pour avoir le plaisir de vous revoir dans ma boutique ?

- Oui, pourquoi pas. Au fait, savez-vous que Parson va s'installer à la place de la maison Gelin ?

- Mais c'est une quincaillerie !

- Oui, mais vous connaissez l'état déclinant du commerce Gelin. Parson leur a fait une bonne offre pour reprendre les lieux.

- Mais cette quincaillerie est aussi sur la grande place !

- Effectivement, c'est un emplacement idéal dont vous avez bien profité, Monsieur Fosselle.

- Mais … on sera deux sur la grande place !

- C'est juste. Et ce sera l'intérêt pour nous les clientes de pouvoir comparer et faire notre choix.

Hector retourne chez lui, livide, décomposé par les informations qu'il vient d'obtenir, par la peur du désastre que peut provoquer l'installation d'une boutique Parson sur la grande place, équipée d'une électricité qui semble fortement attirer les clientes.

Le lendemain, il se rend chez le maire.

- Gaston, il faut que tu fasses quelque chose. Parson ne peut pas venir s'installer sur la même place que ma boutique !

- Ecoute, Hector, on t'aime bien, on te respecte, mais je te rappelle que j'étais venu te consulter pour l'installation du générateur, et que ta réponse était négative et sans appel !

- Oui, c'est vrai, mais je ne me rendais pas compte de l'impact sur ma clientèle.

- Rappelle-toi aussi que je t'avais informé de l'intérêt de Parson pour cette électricité. Et tu avais la certitude qu'il se trompait et que tu ne voulais pas prendre le risque de commotionner les clientes !

- Alors, que peux-tu faire pour empêcher Parson de s'installer dans une boutique aussi grande que la mienne, et presque en face de moi ?

- Rien Hector. Et tu comprends que je n'aurais aucun intérêt à gêner un commerce qui fonctionne bien et qui rapporte à la municipalité.

- Alors, je suis mort.

- Hector, je suis menuisier, je ne peux pas te conseiller. Ressaisis toi, installe l'électricité. Il n'est peut-être pas trop tard ? Les clientes reviendront peut-être chez toi ?

- Je ne sais pas. Avec ces histoires, je ne fais plus de bénéfice. Je crois que je n'ai plus les moyens. J'ai été obligé de congédier des vendeurs, tu en as entendu parler. Ils vont même chez Parson. Et mon meilleur vendeur est sollicité pour y retourner !

- Allez, Hector, prends quelques temps pour réfléchir. Pense à tes enfants, à Auguste qui va reprendre ton commerce.

- Si le commerce existe encore….

IV

Vingt ans plus tard.

Par sa modernité progressive, Parson est le plus grand drapier de la ville. La déroute de son concurrent Hector Fosselle l'incite à rester à l'écoute des évolutions.

Ironie du sort, la boutique d'Hector est devenue la grande quincaillerie de la ville, éclairée à l'électricité.

Hector et Ernestine, remplis d'amertume et de regrets, se sont retirés dans un très modeste appartement qu'ils ont acheté avec le peu de ressources qui leur restaient après la vente des lieux au futur quincailler. En se tassant, ils peuvent recevoir leurs enfants et petits-enfants. Les beaux jours, ils se promènent régulièrement dans le jardin public … en évitant soigneusement de passer par la grande place de l'Hôtel de Ville.

Auguste, déjà bien instruit dans son métier par son père, est second vendeur chez Parson.

Et la municipalité jouit de la bonne activité de ses commerçants.

La distraction dominicale

Comme tous les dimanches, Philippe entre dans l'église accompagné de Clémence, son épouse adorée, et d'Antoine et Bertrand, leurs deux fils adolescents. L'office va bientôt démarrer. Comme d'habitude, ils s'installent au troisième rang à droite derrière un couple âgé régulièrement arrivé avant eux. Pratiquants de la première heure, ils sont assidus à cet office dominical : pour rien au monde ils ne manqueraient cette cérémonie régulière. Surtout Philippe qui a été élevé par ses parents dans le respect de cette tradition catholique transmise de génération en génération. Du baptême au mariage, en passant par le scoutisme et les jeunesses catholiques, Philippe a rempli les obligations du jeune catholique exemplaire. Il a toujours eu le plaisir de satisfaire ses parents en participant à ces activités. La présence dans ces lieux lui est indispensable. Il ne saurait en expliquer la raison. Mais il se sentirait tellement mal à l'aise s'il ne pouvait y être présent physiquement. Son assiduité est devenue une règle qu'il ne souhaite surtout pas transgresser.

La jeunesse de Clémence, de même, a été bercée par les rites catholiques. Pour elle aussi, un dimanche sans messe serait insoutenable. Elle en ressent le besoin. Et elle s'est fait un devoir de le transmettre à ses enfants. Cette présence à l'office correspond à sa foi profonde. Puis elle présume d'un éventuel risque à ne pas pratiquer, risque qu'elle ne sait pas évaluer mais avec lequel elle ne voudrait pas jouer. Alors, la participation à la messe dominicale est une sorte d'obligation agréablement acceptée.

Quant aux deux garçons en pleine crise d'adolescence, ils suivent leurs parents en contrepartie d'une exemption au scoutisme. Bien sûr, ils ont été baptisés et ils ont fait leurs deux communions puis la confirmation, sacrements considérés obligatoires par leurs parents et grands-parents, donc passage obligé. Mais les deux garçons auraient préféré que le renouvellement des vœux du baptême soit reporté à un âge plus mature où ils auraient été en pleine capacité personnelle de s'engager ou de refuser, au lieu de se le faire imposer si jeune. Néanmoins, ils avaient bénéficié de quelques cadeaux qui sont venus compenser l'obligation de ces rites. Les chapelets, missels et autres objets religieux ont vite été remisés dans les tiroirs. Les téléphones et chaines Hifi ont été quotidiennement employés. Mais comment demander aux adolescents, plongés dans le modernisme de leur environnement, de penser autrement ? Philippe et Clémence voient bien cette métamorphose progressive vers un éloignement de la pratique religieuse. Ils se doutent bien que la présence de leurs fils à leurs côté à l'office du dimanche est probablement leur dernière manifestation religieuse, hormis peut-être leur futur mariage. Les grands-parents espèrent bien que cette tradition perdure, accompagnée au moins du baptême de leurs arrières petits-enfants. Comment Philippe et Clémence pourraient-ils regarder leurs propres parents et leurs proches engoncés dans cette tradition si les enfants rejetaient toutes ces pratiques ? Ce serait comme un échec insupportable ! Une incapacité à avoir transmis les valeurs et les rites catholiques qui leur paraissent tellement indispensables pour la vie terrestre puis éternelle, leur évitant l'enfer et la damnation dans le monde futur des morts. Ils se sentent démunis et incapables d'expliquer les raisons de leur foi à leurs enfants. Pour eux c'est un ressenti qui ne se discute pas, qui est en eux, comme il était en leurs propres parents et grands-parents, une incontournable nécessité acceptée sans réserve qui leur donne le sentiment du devoir accompli à chaque *ite missa est*.

Cependant, pour gérer ce conflit générationnel, inédit dans leur famille, Philippe très absorbé par son poste de directeur juridique d'une grande entreprise, s'appuie sur Clémence pour tenter de contenir au mieux les adolescents dans la voie religieuse qui leur semble la meilleure.

Tout d'un coup, l'orgue retentit de ses premières notes pour annoncer le début de l'office. Depuis la sacristie, le prêtre apparaît accompagné de ses deux enfants de chœur. Ils se prosternent devant le Christ puis se dirigent vers l'autel, tournés vers le public, têtes baissées. L'orgue s'arrête et le prêtre peut démarrer son office.

Le seigneur soit avec vous, commence le prêtre.

Et avec votre esprit, enchaînent les fidèles.

Bienvenue à vous tous en ce troisième dimanche après Pâques...

Absorbée par la réception qui va suivre la messe où seront présents ses beaux-parents et un couple d'amis avec leurs enfants, Clémence a tout d'un coup un doute sur la cuisson du rôti de veau. « Bon sang, j'ai calculé avec 40 minutes par kilo, et je crois que je me suis trompée : il s'agit du temps pour un rôti de bœuf. Pour le veau, c'est 40 minutes par livre. La durée de la cuisson sera double. Mais alors, on va finir trop tard pour mon beau-père qui veut absolument regarder la course automobile à la télévision ! »

Philippe dérive vite sur son travail. Un dossier compliqué où le client important impose des termes de contrat difficiles à accepter ! L'enjeu est crucial, et comment faire comprendre à son directeur général et au directeur commercial qu'il est dangereux de signer le contrat dans la forme proposée par ce client ?

Antoine pense vite à Charline, sa petite amie. Que fait-elle en ce moment ? Quelle chance pour elle de ne pas être contrainte par ces offices ridicules. Où en est-elle dans la préparation de son gala de danse ?

Bertrand, plus jeune, repense au dernier jeu avec ses copains. Pas de chance, il avait perdu. Il faut absolument trouver une solution pour gagner. Ils sont trop forts !

… Evangile selon saint Mathieu, énonce le prêtre derrière son lutrin…

Et toute l'assistance se lève selon le rite habituel.

Au fait, hier soir, ai-je bien sorti la bouteille de bordeaux pour ce midi ? s'interroge Philippe. Il faut absolument qu'il soit chambré ! Mon Dieu, si je ne l'ai pas sortie, quel vin proposer qui supporterait une température plus basse ?

Les deux garçons, placés de chaque côté des parents, se penchent pour se regarder avec quelques mimiques suggestives sur le calvaire qu'ils subissent.

Clémence, avertie par quelques mouvements à sa droite remarque le comportement des garçons et leur fait la gestuelle d'une désapprobation sans appel qu'elle devine de plus en plus vaine, et se demande comment les ramener vers des sentiments plus catholiques au sens où elle l'entend :

pratiquer et communier à chaque instant avec la communauté rassemblée dans cette église.

Le prêtre s'avance vers le début de la nef, sous le transept, avec son micro.

Mes bien chers frères, l'évangile que nous venons d'entendre...

Mais si j'exprime mon analyse complète au DG, se demande Philippe, il va croire que je veux lui saboter ce marché stratégique pour l'entreprise. Et mon collègue directeur commercial, en pensant que je lui en veux, va ruer dans les brancards, comme d'habitude. Non, il faut que je trouve une attitude intermédiaire. Il y a trop de risques pour moi.

Pendant le trajet du retour à la maison, il faut que j'appelle Charline se dit Antoine. J'aimerais savoir ce qu'elle fait ! Je prendrai le prétexte d'une question pour un devoir à terminer.

Surtout, après l'office, il faut penser à passer à la pâtisserie, se rappelle Clémence. J'espère que le gâteau sera plus savoureux que la dernière fois ! Ils avaient raté la crème du Paris-Brest. Elle avait un léger goût de rance. Bon, on l'avait quand même mangé, surtout les garçons qui adorent cette gâterie.

Il faudra que Papa m'aide pour mon devoir d'anglais ce soir, se rappelle Bertrand. Je ne l'ai pas terminé et Papa saura me donner la bonne traduction pour la version. J'ai envie d'une bonne note.

… Prière universelle

Pour que tous les affamés de la terre puisse être aidés dans leur quête de nourriture, prions le seigneur….

Bon, il ne faudra pas que je sois trop retenue par Juliette Leplet à la sortie de la messe, pense Clémence. Elle a toujours des informations intéressantes à me donner sur la vie de la paroisse, mais cette fois-ci, je n'aurai pas trop de temps : l'attente à la pâtisserie et le temps de cuisson du veau vont se cumuler et j'ai toujours un beau-père impatient de sortir de table, surtout avec ce grand prix automobile retransmis à la télévision. Si j'arrive à esquiver Juliette (mon Dieu, voilà que je pense mal !), j'arriverai dans les premières à la pâtisserie, et je gérerai plus facilement mon temps. Pour cela, il faudra me faufiler par les bas-côtés. Ce n'est pas habituel pour moi. J'ai peur de ne pas me sentir à l'aise dans cette manœuvre, mais c'est mon seul salut.

J'ai trouvé ! Je vais sortir un Morgon, se dit Philippe. Il a cinq ans d'âge si je ne m'abuse et il fera l'affaire en remplacement du bordeaux que je pense avoir oublié de préparer hier soir. C'est fou comme je n'arrive pas à me rappeler si je l'ai fait ou pas. Sans doute à cause de mon souci de contrat avec le client qui me préoccupe. Quelle histoire ! Cela me stresse au plus haut point !

Mais au fait, s'interroge Bertrand, et si je proposais d'autres jeux à mes copains, je pourrais gagner ! Bon, il faut que je me débrouille pour aller en acheter un à la sortie du cours demain. Euh, non, demain, c'est lundi et la boutique est fermée. Alors mardi. Non cela ne marche pas, mardi, j'ai entrainement de tennis. Alors mercredi après-midi. Mais là, il faudra que je trouve un prétexte pour sortir de l'appartement. Le plus facile, c'est le devoir en commun avec un copain. Il faudra que je l'écrive sur mon cahier de texte comme si cela était réclamé par le professeur, et que j'aille quand même chez le copain au cas où ma mère appellerait pour une raison ou pour une autre. Punaise, il faut penser à tout !

Ma Charline adorée, (Antoine commençait à préparer le SMS dans sa tête), je viens enfin de sortir de cette foutue messe, J'ai bien pensé à toi et j'ai hâte de te retrouver demain au collège.

… Agneau de Dieu qui enlève le péché du monde, prends pitié de nous

Agneau de Dieu qui enlève le péché du monde, donne-nous la paix…

Quelle galère ! se dit Bertrand. Une heure à s'ennuyer, se lever, s'asseoir, s'agenouiller, écouter des paroles. A quoi servent-elles ? Tendre l'autre joue quand on reçoit une claque sur la première ! Mais qui autour de moi serait capable d'en faire autant ? Même pas mes parents j'en suis sûr. Alors, pourquoi continuent-ils à écouter tout ce charabia ?

Non pas comme cela, se dit Antoine, mon SMS fait trop amoureux. Il ne faudrait pas que Charline se trouve en terrain conquis. Ce serait trop facile pour elle : « Coucou Charline. Trop dur, je sors de la messe. Comme toi, j'ai hâte de te retrouver demain ». Oui, ce sera plus équilibré. Finalement, c'est commode d'avoir du temps pour préparer un SMS…

Clémence aimerait refaire la peinture du couloir, se rappelle Philippe. Et aussi en profiter pour changer les meubles de place. Pourquoi pas ? Ce pourrait être l'occasion d'évacuer cette affreuse crédence récupérée chez ses grands-parents maternels ? Je l'ai en horreur depuis dix ans. Bien sûr, c'est sentimental pour elle. Je la comprends, mais peut-être est-elle prête maintenant à s'en débarrasser. Ou alors, faudrait-il la restyliser ?

Mon Dieu, que va penser Juliette de ma sortie à l'anglaise ? Ce n'est pas sympa de ma part. Et puis, comme je la connais, elle est capable de mal l'interpréter et d'en parler autour d'elle de façon négative. C'est mauvais pour mon image. Elle est respectée dans la paroisse ! Non, il faut que je m'y prenne autrement : « Juliette, excusez-moi, mais je dois absolument filer. Aujourd'hui, on doit déjeuner plus tôt. Je peux vous appeler demain ? ». Oui, mais le déjeuner plus tôt est un mensonge. Si elle parle avec Philippe à la sortie (là aussi, je sais qu'elle en est capable pour vérifier), elle remarquera mon mensonge. Alors, il faut que je prévienne Philippe avant de partir, mais tête en l'air comme il l'est en ce moment, il lâchera la vérité. « Juliette, désolée, mais je dois absolument partir vite pour le repas qui est long à préparer, et je dois passer à la pâtisserie. On peut se rappeler demain ? » C'est mieux comme cela. Pas de mensonge… Mais elle se dira que je m'organise mal ! Grrrr ! comment faire ? Si je rentre dans les détails, elle voudra me donner des astuces, comme d'habitude. Elle me fera perdre mon temps. C'est insoluble ! Eh bien je partirai sans la voir. Un point c'est tout. Mais je ne serai pas à l'aise !

... Le corps du Christ

Tous les quatre sont partis communier, puis reviennent à leur place…

Quarante-cinq ans, c'est un âge auquel je ne voudrais pas perdre mon emploi, se dit Philippe. Ce serait la galère pour retrouver un poste intéressant et rémunérateur comme le mien. Le traitement de ce contrat me fait peur. Trop précautionneux, je passe pour un craintif, pas assez fin dans l'expression des risques, je passe pour un laxiste à terme. Où dois-je me positionner ? Si je perds mon emploi, comment le dire à Clémence et aux enfants ? Que diraient nos parents ? La honte !

Encore un bon quart d'heure, se dit Antoine. Je crois que mon SMS est prêt dans ma tête. « Coucou Charline. Trop dur, je sors de la messe. Comme toi, j'ai hâte de te retrouver demain ». Cela fait au moins dix fois que je me le répète, et je ne vois rien à changer. D'ailleurs, cela ouvrira éventuellement une discussion sur la messe. J'aimerais bien savoir ce que Charline en pense, et comment font ses parents. Pratiquent-ils ? Sont-ils catholiques ? A-t-elle aussi subi sa communion ? Quels cadeaux a-t-elle reçu ?

Dès que j'arrive à l'appartement après la pâtisserie, se dit Clémence, je mets le gâteau dans le frigo, puis je sors le veau. J'aurais dû le sortir avant la messe. Non, dès que j'arrive, je programme le four, je sors le veau du frigo puis je le remplace par la pâtisserie. Là, je ne peux pas aller plus vite. Reste l'attente à la pâtisserie. C'est pour cela que je dois y arriver dans les premiers. Puis je file à l'appartement. Mon beau-père ne pourra pas me reprocher d'être en retard. J'expliquerai à ma belle-mère.

Le pauvre Bertrand joue avec ses doigts, à l'agacement de Clémence qui n'arrête pas de lui donner des coups de coude avec un regard désapprobateur pour qu'il cesse ces mouvements manuels et ces soupirs d'impatience.

.... Allez dans la paix du Christ, termine le prêtre.
Nous rendons grâce à Dieu, enchaînèrent les fidèles.

Puis l'orgue retentit, précipitant les fidèles dans l'allée principale et faisant fuir les pressés par les allées latérales. Clémence explique son départ précipité à Philippe qui prend le rythme de sortie habituel avec les garçons. A la sortie, il aimerait saluer ses invités au repas de ce midi et les accompagner jusqu'à l'appartement.

Après le départ des invités, la vaisselle et les rangements habituels, Philippe, Clémence et les garçons se retrouvent au repas du soir.

- Philippe, te souviens-tu du sermon de l'abbé Patrey de ce matin ?

- Bien mal, ma chérie, je t'avoue platement que ma préoccupation sur le contrat d'un gros client m'a bêtement divertie.

- Et vous les garçons, avez-vous retenu quelque chose ?

- Eh bien, comment te dire ? lui répond Antoine ironiquement, que nous avons eu quelques difficultés à le suivre ?

- Finalement, personne n'a suivi le discours ! remarque Bertrand.

- Pour une messe, on ne dit pas un discours, mais un sermon, le tance Clémence.

- D'accord, mais si tu poses la question, reprend Bertrand, c'est que tu n'as pas suivi toi non plus ? C'était quoi le sujet ?

- Bon, c'est vrai, aujourd'hui, j'ai été moi aussi préoccupée, par l'organisation du repas.

- Franchement, suggère Antoine, à regarder vos têtes de temps en temps pendant l'office, j'ai l'impression que vous n'étiez pas très attentifs.

- Alors, à quoi sert-il d'aller régulièrement à la messe ? demande Bertrand.

- Euhhh, répondent Clémence et Philipe en chœur…

L'exception confirme la règle

« *Dont n'est jamais sujet* ».

Voilà ce que j'ai entendu un jour de mon professeur de français en classe de cinquième, dans un cours sur les pronoms relatifs.

« *Dont n'est jamais sujet* ».

Mais le même professeur nous avait appris aussi qu'une phrase comporte au moins un sujet et un verbe, et souvent un complément.

« *Dont n'est jamais sujet* » est une phrase me disais-je où le mot « *dont* » est le sujet du verbe « *être* ». Alors comment se fait-il qu'un professeur, qui plus est de français, puisse émettre une phrase comme « *dont n'est jamais sujet* » dans laquelle « *dont* » est précisément le sujet ?

- Monsieur, l'interpelais-je en levant poliment le doigt.

- Oui ?

- C'est bizarre ! Dans la phrase que vous venez de prononcer, dont est sujet ! et vous dites qu'il ne peut pas être sujet !

- Mais, répondait-il avec agacement à mon encontre avec les yeux sombres sans équivoque sur la perturbation que je générais dans la progression de son cours, quand je dis « *dont n'est jamais sujet* », « dont » est un pronom relatif que j'utilise en tant que sujet devenu substantif à cette occasion, pour justement expliquer la particularité de ce seul pronom relatif qui ne peut pas être sujet.

Dans ma trop petite tête de douze ans, j'étais perdu. Pourquoi la grammaire française est-elle si complexe ? Et pourquoi mon professeur m'avait répondu avec ce regard accusateur envers un imbécile qui ne comprend pas ce qui, normalement et à ses yeux, devait paraitre limpide à tout élève normal. Mes camarades de classe avaient-ils entendu cette assertion « *dont n'est jamais sujet* » sans en relever l'ambiguïté qui m'avait sauté aux oreilles ? Ou l'avaient-ils remarquée ? Alors, ils n'avaient pas osé questionner le professeur, ou bien la réponse académique du pronom relatif substantivé leur était évidente ?

J'y voyais une injustice envers un élève, certes pas très brillant dans cette matière qui le lassait au plus haut point, mais qui avait fait une remarque me semblait-il appropriée, puis qui s'était fait tancer avec humiliation. Plus jamais je ne levais la main. Cela m'avait convaincu de ne plus écouter le cours que distraitement, comme à l'accoutumée.

L'épisode de « *dont n'est jamais sujet* » m'a continuellement poursuivi comme l'incompréhension par un professeur, ou par la suite par tout autre personne, qui n'admet pas l'existence d'une ambiguïté dans ses propres propos, tant il est convaincu de leur évidence au point qu'aucune autre signification ne puisse être envisagée.

C'est alors que, plus tard, l'expression « *l'exception qui confirme la règle* » prit tout son sens dans l'assertion « *dont n'est jamais sujet* » : ce pronom relatif n'est grammaticalement jamais sujet, sauf dans le cas exceptionnel de cette phrase émise pour la circonstance.

Cette expression « *l'exception qui confirme la règle* », souvent utilisée pour justifier une non-conformité occasionnelle à une règle, ou parfois synonyme de « *faites ce que je dis, non pas ce que je fais* », me réapparut lorsque mon ballon roula sur la pelouse d'un parc, et qu'un coup de sifflet me stoppa net alors que j'avais déjà progressé de trois pas sur cette même pelouse pour aller le récupérer.

- Z'avez pas vu la pancarte ? me cria le gardien du parc en blouse grise, cravaté et casquetté.

- ???

- Là-bas au milieu de la pelouse !

En suivant dans la direction de son doigt, au milieu de l'herbe, à vingt centimètres de hauteur, je pus distinguer un écriteau et y lire « *Pelouse interdite* ».

- Excusez-moi, M'sieur, je l'avais pas vu, lui répondis-je.

- On vous apprend pas à lire à l'école ?

- Si M'sieur.

- Bon, va chercher ton ballon. Sans courir ! Sinon tu vas abîmer la pelouse !

- Merci M'sieur !

- La prochaine fois, je te confisque ton ballon !

- Oui M'sieur !

Bien sûr, j'évitais de reproduire ce lancer de ballon malencontreux qui pourrait me coûter sa disparition.

Et c'est alors qu'une réflexion surgit dans ma petite tête qui avait quelques difficultés à prendre du poids en matière grise, mais qui était malgré tout sensible à certaines incohérences. Comment a-t-on fait pour poser l'écriteau « *Pelouse interdite* » au beau milieu de la dite pelouse ? Il a bien fallu marcher sur l'herbe qu'il est interdit de piétiner !

Avec mon imagination créative sans limite, je pensais qu'on avait utilisé un hélicoptère, ce qui aurait été bien commode pour accéder au centre de la surface, ou encore une grue avec une longue flèche pour atteindre l'endroit de la pancarte. Ou bien que l'on avait dressé un pont depuis deux allées. C'était sans penser à une autre possibilité qui m'avait tout simplement échappée dans mes pérégrinations intellectuelles, une possibilité qui m'a sauté aux yeux, ou plutôt aux oreilles un autre jour de jeux dans cet espace : le bruit d'une tondeuse.

Eh oui ! Pour que cette pelouse soit entretenue, il faut la tondre régulièrement. Et cela suppose de fouler l'herbe sur toute sa surface ! Mais alors, la « *Pelouse interdite* » n'est pas interdite pour tout le monde ! Moi, le petit homme de vingt-cinq kilos, il m'était interdit de poser le pied sur la pelouse alors qu'un jardinier de quatre-vingt kilos pouvait se le permettre ! Lequel des deux générait le plus de dommages ?

La réponse me vint lorsque je vis passer une classe entière de primaire, bruyant de toutes les conversations entre les élèves, les uns parfois surpris par l'envol d'oiseaux, les autres bien indifférents au spectacle champêtre, d'autres encore agités par leurs sujets, tout en étant propices aux débordements d'une double file difficilement contenue par les accompagnants.

- Les enfants, restez bien sur l'allée, s'il vous plait, leur criait régulièrement une maitresse. N'allez surtout pas sur l'herbe, c'est interdit !

- Pourquoi c'est interdit ? lui demanda un des élèves.

- Parce que c'est marqué « Pelouse interdite » sur la pancarte là-bas. Tu la vois ?

- Oui, mais pourquoi c'est interdit ?

- Tu sais, si tout le monde marche sur la pelouse, on va finir par l'abîmer !

- Oui, mais chez moi, j'ai le droit d'aller sur l'herbe de mon jardin ! Mon Papa ne me l'interdit pas ! Lui aussi il y va, on joue ensemble au football.

- D'accord, mais chez toi, il n'y a que vous qui allez sur l'herbe. Les autres personnes ne marchent pas sur ta pelouse.

- Si, il y a aussi mes copains et mes cousins.

- Bien sûr, mais cela ne fait pas beaucoup de personnes ! Ce n'est pas comme dans ce jardin public où il passe beaucoup de monde.

Finalement, tout comme seuls les professeurs peuvent dire « *dont n'est jamais sujet* », seuls les jardiniers peuvent emprunter la pelouse pour l'entretenir.

« *Dont n'est jamais sujet* » et « *Pelouse interdite* » devenaient, à mes yeux, emblématiques de l'incohérence des adultes qui aiment énoncer des sentences sans les respecter vraiment, pour certains d'entre eux…

C'était sans compter les balades dans les rues où j'étais souvent attiré par les affiches. Affiches de film, mais aussi les publicités placardées sur les murs : avec leurs jeux de mots (*Du beau Du bon Dubonnet*), ou avec les visages débonnaires de Banania, ou encore l'invraisemblable vache qui rit, sans oublier les corps attirants de Playtex. Tous les murs n'étaient pas couverts d'affiches, et sur certains, je remarquais l'inscription « *Défense d'afficher – Loi du 29 juillet 1881* ». Et je pensais : quel dommage, j'aime tant les murs avec des affiches. Au moins on peut s'occuper tout en déambulant. La lecture sur les murs raccourcit la distance !

Et puis un jour mon esprit s'est arrêté plus longuement sur cette inscription en y constatant là aussi une incongruité : pour interdire l'affichage de publicités ou autres informations, il faut afficher l'interdiction elle-même, en quelque sorte en faire la publicité sur le même mur. Qui plus est, cet écriteau fait référence à une loi écrite par des contemporains de mes arrière-grands-parents qui s'habillaient en redingotes, se couvraient le chef d'un chapeau claque, se déplaçaient en voiture à cheval et s'éclairaient à la bougie !

A cette nouvelle exception qui m'interpellait, s'ajoutait l'impression d'anachronisme d'un texte presque séculaire.

Cela ne m'empêchait pas de poursuivre mon chemin, parfois rempli de ces remarques personnelles qui perturbaient mon esprit et participaient à me faire progressivement prendre conscience de la complexité de la vie.

- T'es trop petit, tu comprendras plus tard, me disait-on pour éviter une explication que l'on jugeait hors de mon âge.

C'est pour cela que les dîners m'ennuyaient. Je ne comprenais pas les discussions d'adultes, et à force de non réponses de leur part, j'avais progressivement intégré l'inutilité d'en poser.

- T'es trop petit, tu comprendras plus tard, me répétait-on régulièrement.

Néanmoins, mon oreille n'était pas sourde, et un soir j'entendis lors d'un repas par un des convives :

- Il n'y a que les imbéciles qui ne changent pas d'avis ; je l'ai toujours pensé.

Cette phrase m'avait interpellé car il m'arrivait souvent de changer d'avis. A l'école, par exemple, j'avais du mal à trouver de bonnes idées pour la rédaction qui nous était imposée par le professeur, et mon esprit divaguait d'une idée à une autre sans parfois s'arrêter sur l'une d'entre elles. Je n'étais donc pas un imbécile puisque je changeais d'avis ! Ce fut une révélation positive à mon égard.

Mais au fil du temps, la deuxième partie de la phrase « *je l'ai toujours pensé* » me faisait comprendre que l'émetteur de cette phrase ne changeait pas d'avis. Il était donc un imbécile ! Et il faut vraiment être un imbécile pour le faire savoir aux autres en proférant ces deux phrases « *Il n'y a que les imbéciles qui ne changent pas d'avis ; je l'ai toujours pensé* » ! Et si la personne n'est pas un imbécile, il aura la présence d'esprit d'éviter de proférer la deuxième partie. J'en étais à cette réflexion avant de la poursuivre plus en avant et me rappeler cette fameuse « *exception qui confirme la règle* ». N'est-ce pas le cas dans cette assertion « *il n'y a que les imbéciles qui ne changent pas d'avis ; je l'ai toujours pensé* » où changer d'avis, à bon escient ou après un complément d'analyse pertinente, peut être considéré comme une preuve d'adaptation intelligente et d'ouverture appropriée alors que vouloir garder siennes ses idées contre des évidences parfois manifestes serait un signe de bêtise ? Alors, pour la plupart des humains, ce ne serait pas être un imbécile que de toujours le penser, bien au contraire, et il s'agirait là encore d'une exception à la règle ?

Au fur et à mesure que mes matières grises prenaient de l'étoffe, j'en arrivais à penser que les humains, toujours dans leur complexité, créaient des règles et les définissaient en réalisant leur contraire… C'est ce que je remarquais plus tard dans la tourmente organisée par les soixante-huitards. Leurs calicots déployés mentionnaient « *Il est interdit d'interdire* ». Une nouvelle incohérence sémantique… Progressant dans l'âge, je commençais à admettre cette exception d'autant plus que le vent de révolte correspondant nous apportait une tendance forte vers les tolérances sur les règles.

Mais alors, à ce sujet, peut-on être intolérant avec l'intolérance ? …

Que d'amour !

Il a suffi d'amour
Pour faire vivre deux êtres,
Les voir grandir et s'épanouir,
Pour entendre leurs rires et leurs pleurs,
Pour participer à des joies et des peines,
Pour encourager des projets et apaiser des épreuves,
Pour câliner et parfois être repoussé.

Il a fallu de l'amour
Pour échanger, mais aussi entendre des silences,
Pour étreindre dans nos bras et embrasser
                                    affectueusement,
Pour féliciter les succès et consoler des échecs,
Pour alerter des dangers et rassurer des craintes.

Mais encore de l'amour
Pour démarrer deux vies et les prolonger,
Pour être fier des deux êtres,
Et heureux de les observer,

Leur être redevables de ce plaisir,
Mais s'inquiéter de leur devenir.

Et du futur, de l'amour
Pour espérer que notre avenir
Nous réserve encore des années
Pour les adorer encore et les chérir,
Et sans cesse les remercier
De toute cette espérance de bonheur.

Nathan le bienheureux

Aux commandes de son avion monoplace, Nathan savoure ces instants de bonheur, seul dans le ciel, sous le soleil du matin dans son dos. Son avion fait cap à l'ouest. Dans son champ de vision : les monts des Vosges magnifiquement éclairés par la lueur orangée du matin. Sous ses pieds, la forêt noire.

Voilà treize mois que Nathan est en l'air. Treize mois de solitude heureuse. Treize mois sans autre compagnie que les oiseaux qui s'approchent parfois très près de l'appareil. Treize mois tel l'ermite dans sa caverne, alimenté de temps en temps par des âmes charitables, n'ayant d'échanges avec ses congénères qu'à son bon vouloir. Mais treize mois aussi à observer notre planète d'en haut et de faire part de ses remarques. Il faut rappeler que Nathan possède la notoriété reconnue par un auditoire écologiste. Grand reporter renommé sur l'environnement, son nom résonne chez tous les terriens par ses engagements retentissants particulièrement dans la dernière décennie. Adulé ou honni, il ne laisse pas indifférent. Ces derniers temps, une déception bien installée alimentée par les molles décisions politiques internationales, une pression médiatique inopérante et des crocs en jambe retentissants l'ont contraint à cette décision personnelle de se retirer physiquement du monde des humains. Sa méthode : s'éloigner du sol. Très vite il a conquis de généreux investisseurs pour construire un avion solaire sur la base des expérimentations du suisse Bertrand Piccard avec *Solar Impulse*, tout en bénéficiant des dernières évolutions technologiques sur les batteries, les capteurs solaires et les consommations de tous les équipements sans lesquelles le projet fou de Nathan n'aurait pu aboutir. Quant à sa propre consommation alimentaire, frugale du fait de son faible besoin énergétique, il est ravitaillé en vol à l'instar des chasseurs, avec des nourritures comme celles des vols spatiaux. Ses rejets personnels sont évacués dans les airs comme les volatiles. Facile quand on n'a plus besoin de vêtements... Il faut dire aussi que toutes ces techniques de vol à durée indéterminée et de son ravitaillement ont fait l'objet de recherches rapides qui ont provoqué des bonds en avant pour le quotidien de chacun.

Quel bonheur pour Nathan de se retrouver seul, sans cette obligation d'échange avec autrui qui l'oppressait tellement.

Bien sûr, les premiers jours furent particuliers. Il y avait ce contraste entre l'euphorie de la liberté et l'inquiétude de l'avenir en solitaire : allait-il tenir ? Mais progressivement, l'euphorie se transforma en plaisir et l'inquiétude se mua en soulagement.

Un soulagement qui est devenu une espérance. Celle de pouvoir se maintenir dans cette situation de retraite presque totale. Enfin libre ! Libre de penser sans être interrompu, libre aussi de ne pas penser. Libre d'établir le programme de sa journée, ou de ne rien prévoir. En fait, libre de choisir sa propre liberté, et d'en changer à tout moment.

Sa seule crainte : une défaillance technique de son appareil qui le contraindrait à se poser sur le plancher des vaches et de reprendre un contact physique avec ses contemporains. Quelle déception ce serait ! Une déception aussi forte que le plaisir de Nathan de s'être échappé de toutes ces turpitudes vécues avec les humains.

Maintenant, il a tout le loisir de revenir sur tous les moments passés sur terre pour les graver depuis son domicile aérien sur son site internet suivi par de nombreux adeptes convaincus de sa philosophie environnementale et qui le sponsorisent. C'est ainsi qu'il relate point par point les échanges qu'il a eus avec les décideurs politiques, constructifs en privé, tièdes en public et travaillant le compromis pour des effets électoraux immédiats. Pour Nathan, toute cette vie est un échec personnel concourant dangereusement au futur mal être de la planète Terre. Nathan n'oublie pas aussi de mentionner les positionnements politiques des médias qui n'ont pas voulu agir pédagogiquement auprès de leurs lecteurs, préférant majoritairement la facilité du report de l'information à l'analyse réelle - mais fastidieuse, il faut le reconnaître. Il mentionne aussi tous ces coups bas dont il a été l'objet : Nathan sait très bien que son engagement aussi intense génère autant d'ennemis que de gênes créées par ses révélations. Et ses ennemis sont nombreux !

Alors, dans son monoplace, Nathan mesure son bonheur de s'être extrait de toutes ces situations. Il reconnaît être un privilégié et le précurseur d'un tel ermitage. Une façon aussi de montrer une possibilité d'utilisation de l'énergie solaire. Il est un ermite resté branché avec le monde, dans un seul sens : vers les autres par son journal et ses mémoires.

Finies les contingences terrestres, tant qu'il aura des sponsors, une contrainte qui pourrait l'amener à se poser sur le sol en cas de restriction budgétaire...

Quel bonheur pour Nathan de pouvoir apprécier la beauté de la terre depuis sa hauteur : les levers colorés du soleil, l'éclairage zénithal qui apporte sa pleine lumière sur la nature, révélant toutes les nuances des verts herbeux et arboricoles et toutes les couleurs des cultures, puis les fins de journées où la lumière incidente met en relief les mouvements de terrain par les ombres portées sur le sol.

Quel bonheur aussi de voler parfois à côté de nuées d'oiseaux migrateurs, dans les sillages des escadrilles d'oies ou de canards en formation en V, ou des cigognes, au rythme des saisons.

Il jouit quotidiennement, et à tout moment de ces bienfaits de la nature, de son harmonie, des saisons, des changements journaliers imperceptibles pour chacun, mais remarqués par Nathan, pour qui aucune journée ne ressemble aux autres. Le survol des plaines, des vallons, des montagnes et des mers est un plaisir quotidien. Combien de fois avait-il déjà survolé ces contrées, mais chaque fois, il lui fallait redescendre ; à chaque fois c'était un crève-cœur de remettre les pieds sur terre, de faire abstraction de ce merveilleux spectacle et revenir aux querelles récurrentes. Le voilà échappant maintenant à toutes ses anciennes obligations.

Sur tous les continents, le projet de Nathan fait polémique : de la folie pour les uns, une idée géniale pour les autres. Une désertion, opposée à l'aboutissement d'un sacerdoce. Un risque d'encombrement des airs par nombre d'émules, face à une libération écologique du sol. Une dépense technique inutile d'un côté du filet, et une expérience solaire dans le camp opposé.

Par son action mondialement reportée dans les médias, Nathan a ouvert une brèche dans tous les partis politiques et dans toutes les organisations liées à la problématique de l'environnement. Les libéraux se battent entre eux, les conservateurs s'opposent aussi. Les extrêmes, loin de ce champ, perdent leur positions de trublions. Des adversaires s'unissent, des amis s'étripent. Enfin, se dit Nathan, le souci environnemental arrive sur le devant de la scène. Mais pour combien de temps va-t-il réussir à capter un intérêt quasi mondial pour ce domaine ? A lui seul, il a pu catalyser la dynamique des réflexions. Vont-elles aboutir à des résolutions concrètes et durables, dans l'intérêt de tous, malgré des risques éventuels de divergences par des états qui s'estimeraient lésés ?

Alors, Nathan se sent doublement heureux : par son détachement du monde et par les actions (enfin ! dirait-il) que son exploit engendre. Il fallait au moins cela. Seul, il nage dans les airs comme le capitaine Nemo habitait son Nautilus dans le grand bleu. Et dans cette solitude, il attend que des décisions mondialement politiques efficaces et durables se prennent pour assurer le bonheur de nos générations futures dans un espace vivable et équitable.

Les uns auraient fait une grève de la faim, créant de l'inquiétude auprès de leurs proches sur les risques santé. Nathan, lui, fait la grève du sol, avec le regret de ses proches de ne plus pouvoir le toucher.

Pour notre pilote, les jours s'égrènent. A sa guise, Nathan peut rester des jours entiers sous le soleil : il lui suffit de voler en rotation contraire à la terre. La capacité de ses batteries permettent aussi de rester des journées entières dans l'ombre de la terre. Alors, il ne compte plus les jours par le nombre de couchers et de levers de soleil. D'ailleurs, à quoi cela lui servirait ? Le voilà qui invente une nouvelle vie, celle de la liberté la plus extrême possible, mais si plaisante.

Alors, un jour, pour s'assurer de ne pas retourner sur terre, quand il pensera ne plus être nécessaire à ses anciens congénères, il prendra progressivement de l'altitude et s'envolera définitivement vers le cosmos, sa dernière demeure.

Olympia

Monsieur le juge, j'ai porté plainte parce que mes collègues et moi-même sommes fatiguées de tous ces regards sur nos corps par tous ces hommes ; et même par certaines femmes, monsieur le juge.

Je souhaite profiter de ma présence à cette barre pour faire comprendre le calvaire que nous endurons depuis très longtemps. Ce n'est pas une affaire récente. Celle-ci nous préoccupe depuis de trop nombreuses années. Jusqu'alors, nous n'avons interpellé personne. Maintenant, nous n'en pouvons plus. Nous sommes lassées. Certes, nous avons la chance que nos corps ne subissent pas trop vite les outrages du temps. Mais est-ce une raison pour nous faire subir cet inlassable regard des autres ?

Comment supporter toutes ces attentions par des personnes qui n'hésitent pas à s'arrêter devant nous, nous regarder de loin, s'approcher, et s'intéresser à nombre de nos détails. L'accepteriez-vous sur votre corps, Monsieur le juge ? Nous sommes même photographiées ! D'autres vont jusqu'à se poser sur un tabouret et prendre leur temps à nous dessiner, voire même à nous peindre.

Et que dire ce ces soi-disant experts qui vous jugent sur toutes les coutures, crayons à la main.

Certes, nous avons été pourvues de belles courbes, parfois de corps idylliques. Nous sommes parfaitement mises en valeur, je le concède. C'est même une caractéristique dont nous pouvons être fières, nous ne le cachons pas. Mais quel retour de bâton !

Il est vrai que nous nous enfuirions si nous en avions la possibilité. Mais notre patron nous l'a interdit formellement. Nous sommes, en quelque sorte, assignées à notre emplacement que nous ne devons quitter sous aucun prétexte. En revanche, mon patron me déplace parfois pour aller dans d'autres lieux. Cela me fait du bien de changer d'air. Et qui plus est, je lui suis reconnaissant de toutes ces précautions qu'il prend pour mon déplacement. Je dois le dire : il est vraiment à mes petits soins, et il souhaite que ce changement se déroule dans les meilleurs conditions pour moi, avec le moins de stress possible, sous une température clémente.

Mais cela ne compense pas ce qui nous arrive dans chaque nouvelle situation. Et c'est encore reparti pour ce voyeurisme exaspérant, cette observation incessante.

Monsieur le juge, je comprends l'admiration à notre égard qui est parfois relayée par certains médias. La hauteur des sommes mises en jeu pour nos transferts en fait foi. Mais comprenez-nous, tout en continuant cette tâche qui nous est assignée, nous souhaiterions plus de décence de la part des clients de nos patrons.

C'est pourquoi, Monsieur le juge, sans réclamer de dommages et intérêts dont nous ne saurions que faire, nous demandons, et cela risque probablement de vous surprendre, une mise en lieu solitaire, à la cave, pourquoi pas, après nous avoir décrochées des murs du musée.

La concession

I

- Patrick Derbois : vous êtes allée 2017, immeuble 9, étage 14, emplacement 31 764. Au suivant !

Pas le temps de discuter avec le répartiteur. Visiblement, il avait une tête et un comportement à ne pas vouloir nous écouter. Je me dirige donc vers l'adresse qui m'a été indiquée sans autre forme de procès. Il faut dire que les répartiteurs ne chôment pas avec toutes ces arrivées quotidiennes.

Combien sont-ils ? me demandais-je. Je n'ai même pas eu le temps de les compter. De toute façon, j'en aurais été incapable. Il y en a à perte de vue. Et tout va si vite. Ici, c'est pire qu'au Mac Do. En arrivant, on aperçoit des milliers de queues et on en choisit une au hasard. Aucune n'est plus longue que les autres. On a beau examiner leur vitesse, comme au supermarché, on constate qu'elles sont aussi rapides les unes que les autres. Aucune ne semble stagner pour un dossier difficile. Et nous sommes tous pareils : indifférents aux autres, comme transparents, dans l'attente de connaître la destination qui nous sera attribuée. Aucune anxiété. Nous savons tous que nous devions y passer. Arrivé au niveau du répartiteur, il sait immédiatement qui nous sommes. Pas besoin de s'exprimer. Et aussitôt, il énonce votre nom (probablement au cas où il y aurait maldonne), puis une adresse. Pour moi, c'est allée 2017, immeuble 9, étage 14, case 31 764. Tout s'effectue dans un calme rapide, efficace, presque chuchotant, comme dans ces restaurants huppés où on n'entend qu'un bourdonnement de voix basses.

Alors j'emprunte l'avenue devant moi qui me conduit à l'allée 2017. Nous sommes des milliers à nous y rendre dans un profond silence. Même nos déplacements sont inaudibles. C'est une absence de bruit qui nous entoure. Comme si le cerveau avait débranché les nerfs auditifs. Plus aucun signal n'est transmis à notre conscience. Personne ne parle. Chacun se dirige vers son adresse sans conscience de l'autre, sans intention de communiquer. Et sans se bousculer, sans se sentir compressé malgré cette densité.

Étonnamment, j'arrive rapidement à l'allée 2017. Partant de l'allée N°1, j'imaginais que le défilé d'autant d'allées serait long. En ces lieux, la distance ne semble pas être un problème. Comme si les allées avant la mienne s'étaient compressées pour raccourcir la distance. C'est un phénomène qui ne m'était pas encore arrivé. Mais tout a un début.

Comme tous, je bifurque dans l'allée 2017, non sans remarquer que l'allée 2018 et les suivantes n'existent pas. Je me dirige vers l'immeuble 9, là aussi en commençant par le N°1. Et comme dans l'avenue précédente, malgré l'énorme dimension des immeubles accolés les uns aux autres et de hauteur variable, j'accède rapidement au mien parmi toute cette foule qui suit le même parcours.

Nous montons tous au 14e étage par un escalier très facile. C'est bien la première fois que je les grimpe aussi aisément malgré mes 82 ans et mon arthrose. Tous les architectes de la terre devraient s'en inspirer !

Voilà, il ne reste plus qu'à trouver mon emplacement : 31 764. Tout est bien indiqué. Tous ces milliers que nous sommes se répartissent sans bousculade.

Me voilà devant mon emplacement. Quelle déception ! Il est plus petit que la plupart des autres emplacements. Quelques-uns, peu nombreux, sont encore plus petits. Je n'ai pas dû payer assez cher… Quand je pense à tout ce temps que je vais passer ici, j'aurais dû être plus généreux. Bon, je crois que je vais le regretter plus d'une fois. Allons-y, installons-nous et nous verrons bien ce que nous réserve l'avenir. Et contrairement à notre transfert jusqu'ici, j'espère que je pourrai communiquer avec mes voisins qui ont un plus grand emplacement. Ils m'expliqueront leur contribution. Il faut que je sache si cela était dans mes moyens.

Alors, mettons-nous à l'aise. C'est parti pour une vie éternelle…

II

Je vous dois une explication : je viens de rentrer au paradis, le lieu des âmes. Pendant ma vie, j'avais effectué quelques dons pour le repos de mon âme, et à mon enterrement, mes proches et amis ont probablement complété (je ne saurais jamais combien). Alors, j'ai donc le droit à un emplacement dans ce paradis. Je ne suis donc pas un SPF (Sans Paradis Fixe).

Je suis décédé il y a trois jours, un 14 septembre 2017. J'étais le 31 764e décès de la journée. Maintenant, vous comprenez mon adresse. Vous comprenez aussi pourquoi nous allions tous dans la même direction, dans le même immeuble et au même étage. Trois jours, c'est le temps qu'il faut pour organiser chaque étage de l'immeuble. En terme de logistique, il semblerait que cela soit suffisant. Les deux étages au-dessus du nôtre sont déjà en cours de préparation. Dans l'avenue, dans l'allée et dans l'escalier, c'est un défilé constant, toujours aussi silencieux. Comme une fourmilière où tous ses habitantes vont toutes dans le même sens. Pas d'allées et venues ni de mouvements browniens. Un flot continu, 24 heures sur 24.

Il y a trois jours, mon cœur m'a lâché sans prévenir. Je marchais dans la forêt, paisible, heureux d'entendre tous les bruits caractéristiques de ces lieux : le bruissement des feuilles, les branches qui se frottent entre elles, les conversations des oiseaux, le goutte à goutte après la pluie. Heureux aussi d'humer toutes ces odeurs humides. Heureux encore d'observer les couleurs, les rais de lumière à travers les feuilles, d'épier les acrobaties d'un écureuil et les vols des oiseaux. Un bonheur stupidement interrompu par une douleur immense et subite dans la poitrine qui m'a mis à genoux, qui m'empêchait d'attraper mon téléphone bloqué au fond de la poche gauche de mon pantalon, qui m'a fait sombrer dans une inconscience puis qui m'a définitivement plaquée au sol. Un promeneur m'a trouvé dans cette situation, sans vie. La suite est habituelle : les secours, le constat de décès, le rapatriement à la morgue, l'information des familles, le choc, l'incompréhension (il allait si bien, la promenade était son bonheur), l'organisation des funérailles, les condoléances de la famille, des amis proches et lointains. Puis maintenant la gestion du deuil.

Pour moi, la vie est finie, sur un coup de tête inattendu de mon cœur. A-t-il obéi à une volonté supérieure incontrôlable par les humains ? Qui sait ? Par principe, je n'y crois pas ; mais dans le doute...

Alors me voilà dans ma concession du paradis, allée 2017, immeuble 9, étage 14, emplacement 31 764. Que vais-je y faire ? Le temps me semblera-t-il long ? Pourrais-je communiquer avec les miens restés vivants, et avec mes proches qui m'ont précédé dans ces lieux ? Et puis me sera-t-il possible d'échanger avec mes voisins ?

III

Voilà onze mois que je suis arrivé au paradis. L'allée 2017 est pleine et la 2018 se remplit progressivement. Aujourd'hui, on remarque des arrivées massives. Il paraît qu'un tremblement de terre a fait de très nombreuses victimes quelque part sur la terre.

Onze mois sans pouvoir communiquer avec ma famille. Cela semble logique puisque de mon vivant je n'ai remarqué aucun échange avec mes proches décédés, même pas une suggestion ni une pensée orientée, et bien évidemment, aucun dialogue. Non, il ne restait que le souvenir de leur esprit, la transmission de leurs valeurs, ce qu'ils auraient exprimé s'ils avaient encore été présents.

Onze mois sans savoir comment ma famille supporte cette situation subite sans aucune préparation ni indice précurseur. Que pensent ma femme et mes enfants ? Sont-ils soulagés de ma disparition, ou décontenancés ? Est-ce une injustice pour eux, ou une opportunité ? Je crois que je ne le saurai jamais. D'ailleurs, c'est peut-être mieux ainsi. Les risques de déception sont peut-être plus forts que les chances de satisfaction. Qu'ils fassent ce qu'ils veulent et au mieux pour eux ; ils sont majeurs, et capables de décider. Leur avenir est dans leurs mains. Je suis devenu l'absent éternel bien malgré eux, incapable de donner des conseils et des avis. De moi, il ne leur reste que des souvenirs, des objets, des photos et un esprit. Tout cela est à leur disposition. Je leur souhaite de pouvoir les utiliser avec plaisir. Je suppose qu'ils ne m'oublieront pas, mais que la douleur de la perte se transformera progressivement en souvenir du passé ; passé qu'ils compareront avec leur avenir, comme une référence et des expériences utiles à leur futur.

Pendant ces onze mois, vous vous doutez bien que j'ai tenté de communiquer avec les proches qui m'ont précédé en ces lieux. La date de leur disparition m'indiquait leur adresse. Il me restait à repérer leur numéro d'arrivée dans la journée (il en arrive entre deux cents et trois cents mille par jour du monde entier !). Vous imaginez le temps qu'il m'a fallu, d'autant plus que personne ne se connaît et que les langues restent une barrière de communication. C'est un point qui d'ailleurs m'a déçu : j'imaginais que tout le monde pouvait se comprendre dans cet au-delà. Que nenni : les effets de la tour de Babel sont aussi présents en ces lieux ! Mais à force de persévérance, j'ai réussi à les retrouver. Et nous avons pu enfin échanger après toute cette séparation.

Après le plaisir manifeste des retrouvailles, nous sommes arrivés au moment des vérités difficiles à entendre. Je me suis vu reprocher, entre autres, les moments difficiles de mon enfance, mes obstinations pour des études qui ne leur paraissaient pas nécessaires, mes absences lors de leurs fins de vie. Eh oui, je dois vous le dire : ce que nous appelons le paradis où j'ai atterri n'est pas une sinécure mais un lieu de bilan sur notre vie. Tout est passé au crible de notre conscience extraterrestre. Les bons actes comme les mauvais. Rien n'est laissé au hasard. Le seul critère : notre comportement humain lors de notre passage terrestre au regard de notre prochain. Toutes les contraintes culturelles et religieuses sont hors sujet : elles manquent d'universalité car elles sont trop spécifiques à des régions ou des confessions. Alors en ces lieux éternellement définitifs, nous sommes en proie à des instants de joies pour certains souvenirs et des moments de remords pour d'autres situations vécues. Chaque seconde de notre vie humaine est scannée : nous avons toute l'éternité pour cela.

Quant à la dimension du logement, je tiens à rectifier mes propos initiaux. Sa taille est indépendante des cotisations de notre vivant et des contributions de mes proches et de mes amis lors de l'enterrement. C'est sans doute un leurre des ecclésiastiques pour nous faire croire à quelques gratitudes pour notre éternité. Elle n'est définie que par une appréciation de notre vie terrestre par les organisateurs des logements. Avant notre arrivée, ils savent déjà tout sur nous-même et nous laissent ainsi avec notre conscience dans ce logement dont le volume est en quelque sorte la note de notre vie. J'aimerais connaître la taille du logement de Sœur Emmanuelle qui doit être énorme et celui d'Hitler qui doit être un confetti microscopique. A mon arrivée, par méconnaissance des règles, je déplorais la dimension de mon logement. Bien mal m'en avais pris. Ma vie peu exemplaire le mérite bien.

Parfois, je me dis que toutes ces âmes qui m'entourent ont chacune leur expérience et qu'à nous tous nous formons une formidable encyclopédie universelle, mais impossible à transmettre aux vivants, perdue à jamais. Une bibliothèque qui ne cesse de brûler, alimentée par le flot ininterrompu des arrivants.

IV

Voilà, il ne me reste plus qu'à poursuivre ma vie éternelle comme un presque solitaire dans cette multitude, à me remémorer et analyser chaque instant de ma vie, mes contributions positives et négatives à l'humanité.

Tout en vous attendant.

Au plaisir de vous revoir…

La pilule savante

En ce printemps fleurissant de 2134, nous fêtons le centenaire de la première pilule savante. Que de péripétie pour en arriver à son concept actuel, et quels progrès a-t-elle vu ! Que de combats pour la faire adopter, mais aussi pour la faire évoluer au fil de ses avantages et inconvénients constatés ! A combien de positions d'arrière-garde a-t-il fallu s'opposer, argumenter ! Et toute cette profession d'enseignants qui n'a plus eu de charge de cours et à qui il a fallu proposer des reconversions ! Le ministère de l'Education a été relégué aux manuels d'histoire… Depuis longtemps, les contrôles de connaissance ont été transférés au ministère du bien-être. Il faut dire que maintenant, l'acquisition de la connaissance de base est un véritable plaisir d'autant plus que c'est le seul patrimoine personnel reconnu officiellement. Plus personne ne possède d'habitation, ni de meuble, ni de moyen de transport. Tout se loue, se prête, s'utilise sans qu'il soit nécessaire de le posséder.

C'est en 2034 qu'un certain Igor Vassinov, d'origine russe, immigré en Californie dans l'e-biovallée[1], mit au point une pilule du calcul. En l'ingurgitant, elle était censée apporter immédiatement la capacité à savoir additionner des nombres entiers entre eux sans en avoir appris le mécanisme par l'enseignement classique. Vassinov l'avait d'abord testée sur un singe qui put compter sans erreur quelques jours après l'avoir absorbée, et les résultats furent durables pendant toute une année. C'est alors que Vassinov communiqua sa découverte à la communauté scientifique. Ce fut un tollé considérable ! A juste titre, tous les scientifiques, presque tous les philosophes, tous relayés par les commentateurs des médias et de ce qu'on appelait à l'époque les réseaux sociaux, mettaient en avant le danger de l'utilisation de cette technique si elle devenait accessible à toute organisation néfaste, subversive ou dictatoriale. L'autre danger se situait au niveau des animaux : qu'adviendrait-il de l'humain si les animaux accédaient aux mêmes niveaux de connaissance ? En complément à ces arguments raisonnés, les enseignants du monde entier craignaient pour leur métier. On pouvait les comprendre. Une opposition à ce projet s'était massivement levée pour

---

[1] Depuis les années 2020, des laboratoires cherchant à concentrer l'intelligence artificielle (terme de cette époque) dans les matériaux bio-sourcés s'étaient concentrés dans cette vallée. Ils mettaient en commun leurs avancées respectives.

demander l'interdiction internationale de toute recherche complémentaire dans ce domaine.

Mais certains soutenaient Vassinov, tout en comprenant les menaces pour l'humanité ; ils souhaitaient les transformer en opportunité pour l'avenir. Connaissant les risques maléfiques de l'homme, ils se doutaient bien que certains chercheraient à reprendre illégalement et confidentiellement cette démarche pour un profit douteux malgré les interdictions et les surveillances, qu'ils soient des organisations secrètes ou des pays peu recommandables. Autant, dans ce cas maîtriser soi-même cette recherche dans un but honnête dans l'intérêt de leurs congénères ! C'est alors qu'ils firent appel à l'ONU et l'OMS[2] pour faire gérer et surveiller mondialement la recherche sur la pilule savante. A cet effet, l'OMCS[3], désormais si bien connue, fut créée.

Après 8 ans de négociations sur la stratégie internationale de la recherche, Vassinov put redémarrer son projet, aidé d'une équipe de toutes origines nationales, ethniques et religieuses. Il suivit les exigences programmatiques de l'OMCS. En effet, celle-ci décida que les premiers savoirs à développer sous forme de pilule devaient être la bonne utilisation de la logique, avant toutes autres matières

---

[2] Respectivement Organisation des Nations Unies qui avait pour but de tenter de maintenir la paix dans le monde, et Organisation Mondiale pour la Santé, deux organismes devenus inutiles grâce à l'utilisation intelligente de la pilule savante. Ces deux organismes ont donc été supprimés au début du XXIIe siècle.

[3] Organisation Mondiale de la Connaissance et du Savoir

classiques telles que les mathématiques, les langues nationales et étrangères, ou encore les sciences en général et les savoir-faire. Il était considéré que l'intégration massive de la logique permettrait à tout un chacun de bien raisonner autant dans ses actions quotidiennes, personnelles et professionnelles, que dans les décisions politiques telles que les élections. La difficulté était de définir le contenu de la pilule sans tomber dans le « bourrage de crâne », mais en permettant à chacun d'exercer son libre arbitre avec sa liberté de conscience.

Et ce fut un succès, à diverses vitesses. Après une période d'expérimentations et d'observations, les pays démocratiques acceptèrent rapidement la mise en place du programme. Les pays totalitaires durent progressivement s'y soumettre à la suite de révolutions internes déclenchées subrepticement par les pays démocratiques qui craignaient l'utilisation malsaine de ces découvertes et préféraient utiliser la pression de la population sur leurs dirigeants.

Le succès se remarqua par une plus grande finesse d'analyse des situations familiales, professionnelles et politiques par tout un chacun. Ce fut en quelque sorte la plus grande évolution positive des mentalités que le monde entier put enregistrer, à l'inverse des phénomènes entropiques qui tendaient continuellement à dégrader la condition humaine (des guerres qui n'en finissaient pas, des modifications climatiques qui poussaient à des déplacements de populations miséreuses, et de ce fait, des repli forts sur les identités nationales conduisant à des exclusions massives par les populations les plus aisées de la planète). La meilleure capacité d'analyse par chacun généra une exigence d'honnêteté et de loyauté de toute une partie des dirigeants et de leurs partenaires. A titre d'exemples, le personnel politique élu eut une obligation de transparence totale, abandonnant leur quasi mépris de la population ; les journalistes furent tenus à une rigueur de commentaires presque pédagogiques d'un niveau qu'ils ne connaissaient pas auparavant ; les religions ont été confrontées à des désertions massives de leurs fidèles.

Mais aussi dans la vie quotidienne, des conflits potentiels étaient étouffés au moindre soupçon grâce à une rapide résolution de la difficulté relationnelle par une bonne analyse de la situation. « *Il n'y a rien de pire qu'une idée quand c'est la seule que l'on a* [4]» était un leitmotiv dans toute recherche de résolution de conflit.

On a pu aussi constater que l'accès à la maîtrise de la logique grâce à la pilule savante, toujours sous la pression de la population de plus en plus avertie et devenue sage[5], avait contribué à l'harmonie de plus en plus durable entre la très grande majorité des pays. Harmonie fiduciaire avec une

---

[4] Cette phrase aurait été attribuée à Albert Einstein, l'inventeur de la relativité, concept qui a conduit pendant plus d'un siècle à la prolifération des armes atomiques, maintenant supprimées, toujours grâce à la pression des populations qui y voyaient raisonnablement un grand risque lorsqu'elles étaient mises dans les mains d'un dirigeant politique douteux.

[5] Au sens très ancien du savoir

monnaie unique maintenant dans 157 pays sur les 183 de la planète représentant 87% de la population : le deroy a remplacé progressivement le dollar, l'euro, le yen, le rouble et bien d'autres. Harmonie fiscale : les paradis fiscaux ont quasiment disparu ; restent encore les Iles Futessu, par exemple, qui ont de moins en moins de fidèles et se fonderont dans l'harmonie mondiale au cours de la prochaine décennie. Remarquons aussi l'absence de contrôle aux frontières pour tous les pays de la zone deroy.

La pression fiscale a donc fortement diminué grâce à de nombreuses réductions de coûts d'administrations tels que les besoins de contrôle plus faibles, les gestions nationales allégées à l'instar de la justice qui traite de moins en moins de cas et de la fermeture progressive des prisons, certaines retransformées en complexes de retraites intellectuelles, ou de l'éducation nationale qui n'existe définitivement plus depuis 2107. Même les ministères de l'agriculture, pourtant si nécessaires pour l'alimentation des populations ont vu leurs effectifs décroitre fortement. Les Affaires Etrangères n'ont presque plus d'activité : les échanges entre les nations s'effectuent par visio-conférence et n'ont plus de conflit à traiter, sauf avec quelques pays restés en marge dont la surveillance est répartie entre les nations de plus en plus unies.

Au-delà des aspects financiers, la population a fortement gagné en sérénité. Compte tenu des besoins et de la répartition de l'activité sur l'ensemble des pays, le temps de travail a été progressivement réduit jusqu'à 16 heures par semaine en moyenne, au fur et à mesure des réductions de charges générées par les économies drastiques des services de tous les états participants à cette révolution, temps de travail d'autant plus accepté qu'il est désormais considéré suffisamment rémunérateur. Une très forte disponibilité est alors apparue pour tous les loisirs divers et variés, devenus accessibles à tous dans leur très grande majorité. A ce titre, les développements de technologies nées au cours du XXIe siècle, quasiment toutes rendues possibles par les capacités extraordinaires de stockage numérique[6], ont fortement réduit les coûts des loisirs utilisant l'intelligence artificielle. C'est le cas dans les sports où l'homme défie des instruments physiques et intellectuels complexes, l'aidant ainsi à maintenir ses propres capacités, voire à les améliorer.

Toujours grâce aux capacités informatiques, depuis les années 2040, l'activité rémunérée s'est effectuée très majoritairement à distance depuis son lieu de résidence, où qu'il soit. Les premiers métiers déportés à cette période ont été naturellement ceux exercés dans des bureaux. Les transports ont vite été automatisés par des camions pilotés par une intelligence artificielle. 60% des ateliers étaient déjà

---

[6] Maintenant plus de 500 gCh (gigacervaux) dans le volume d'une tête d'épingle. A remarquer que vers les années 2070, il a été nécessaire de remplacer l'unité de mesure de capacité de stockage informatique : l'unité de référence est devenue le cerveau humain (Ch) qui était estimée correspondre à 10^{15} téraoctets.

pilotés à distance vers les années 2090. Mais cette activité en home-office devenait de plus en plus solitaire, bien compensée par de nombreuses mises en commun des activités de loisirs déjà décrites.

Voilà en quoi la pilule du savoir fut rapidement un succès dans sa première version « logique » par la réduction des inégalités de capacités d'analyse qui existaient à l'aube du XXIe siècle. Elle permit la mise en place de toutes ces actions mondialement concertées au profit de la vie de l'homme la plus harmonieuse possible, tout en intégrant la nécessité de réparer les désastres environnementaux causés par les générations précédentes depuis la première révolution industrielle.

A ce jour, en 2134, on peut dire que l'offre en pilules savantes est littéralement encyclopédique et touche de très nombreux domaines. Le rythme de la posologie est maintenant bien connu[7]. Il est tel qu'il est impossible à toute personne d'absorber tous les savoirs dans sa vie[8]. Il est donc nécessaire que chacun décide des domaines de compétences qu'il souhaite acquérir. Et point n'a été nécessaire d'établir une langue commune puisque l'offre de pilules du savoir

---

[7] L'OMCS estime actuellement à 1 pilule toutes les 7 semaines. Au-delà, il existe un risque minimum de 5% de dégradation irréversible du cerveau.
[8] Pour une durée de vie moyenne actuelle de 97 ans. A remarquer que le début du XXIe siècle avait vu de nombreuses recherches dans le domaine de l'homme augmenté et de l'allongement de la vie, abandonnées au regard des mauvaises conditions de fin de vie rencontrées.

permet de les apprendre très facilement pour les pratiquer avec aisance. D'ailleurs, tout un chacun y voit une richesse culturelle favorable à l'esprit créatif.

Aujourd'hui, Vassinov aurait 147 ans et pourrait encore être fier de sa détermination des années 2040-2050 pour promouvoir cette pilule savante qui a tant servi l'humanité. Ce succès sera-t-il durable ? Comme tout progrès, il peut y avoir une part de danger ; danger qui semble avoir été savamment écarté jusqu'à ce jour. Que nous dira l'avenir ? Je propose un rendez-vous avec nos enfants en 2234…

Tout ça pour ça ?

- Eh ! ma chère, tu sais ce qu'il m'est arrivé la semaine dernière sur la route?

- Non, mais tu vas me le raconter.

- Figure-toi que mercredi, je vais chez le médecin. Euh, non, c'était mardi… Mardi ? Je ne sais plus. Non, je crois que c'était mercredi… Attends, c'était le jour de la mort de Johnny !

- Alors c'était lundi.

- Johnny est mort un lundi ?

- Regarde dans les journaux, tu verras, c'était lundi la semaine dernière.

- Mon dieu, comme ça passe vite ! Lundi ? Tu es sûre ?

- Oui, je me souviens, j'allais au yoga. J'étais dans ma voiture. Et mon yoga, c'est tous les lundis après-midi.

- Bon, puisque tu le dis. Bref, j'allais chez le médecin pour Alban.

- Alban a été malade ?

- Ben oui. Je ne sais pas ce qu'il me couvait. Il était tout flagada.

- C'est pas sa veine, en ce moment.

- Ça, tu peux le dire. Vivement que cet hiver finisse ! Du coup, je l'avais gardé à la maison. C'était pour lui éviter qu'il prenne froid en allant à l'école, ou dans la cour de récréation.

- C'est vrai qu'à l'école, les maitresses ne font pas toujours bien attention à les couvrir pour sortir.

- Ça oui ! Je ne sais pas où il a choppé cela, mais en tout cas, je n'ai pas voulu lui faire prendre de risque. Et puis dans la matinée, il ne s'est pas amélioré. A midi, j'ai essayé de le faire manger, mais il n'avait pas faim. Alors, ni une ni deux, je l'ai emmené chez le médecin.

- Tu n'avais pas de rendez-vous ?

- Si, tu sais, on peut prendre rendez-vous par internet. Par chance, il restait une place à 14h30

- Ça, c'est du pot !

- Ça oui. De toute façon, j'y serais allée pour essayer de passer entre deux rendez-vous. Ça commençait à me paniquer de le voir dans cet état. J'ai téléphoné à Patrick pour lui en parler. Il m'a dit aussi d'y aller, chez le médecin. Alors péniblement, j'habille Alban, je commence à chauffer la voiture pendant qu'il m'attendait dans le fauteuil. De toute façon, il ne bougeait pas. Le pauvre. Il n'était pas bien, tu sais.

- Oui, j'ai l'impression. Mais tu as pu le mettre dans la voiture ?

- Oui, bien sûr. Il marchait quand même, mais sans énergie, tu sais. Je l'ai même poussé pour qu'il monte sur son rehausseur !

- Ben, dans son état, je comprends.

- J'avais à peine démarré qu'il s'était déjà endormi, dis donc.

- Effectivement, il devait être à plat.

- Ce jour-là, j'avais de la chance. Pour sortir du jardin, il n'y avait presque personne dans notre rue. Ce n'est pas comme le matin quand tout le monde part pour travailler, ou le soir quand ils reviennent. Quoique le soir, c'est plus étalé. C'est vrai, tout le monde ne revient pas à la même heure, le soir. Alors, je n'ai pas trop attendu pour partir. Tu sais que je n'aime pas stresser sur la route !

- C'est le moins qu'on puisse dire !

- C'est pas trop mon truc. Il était un peu plus de 14h00 quand je suis partie. J'avais mon temps. Et puis, dans la rue principale, il n'y avait pas trop de voitures. Ça m'intéressait parce qu'avec les travaux en ce moment, ça ralentit la circulation, et ça nous met en retard quand il y a plein de voitures. Là, j'étais vraiment tranquille.

- C'est vrai que c'est plus sympa quand il n'y a pas trop de monde. Moi aussi, j'aime bien quand ça circule bien.

- On est toutes comme cela. Eh bien, figure-toi qu'au feu rouge, je ne me suis pas arrêtée !

- Quoi ?

- Oui, pas arrêtée, et il y avait la police ! Tu devines la suite !

- Alors ils t'ont mis un PV et tu t'es retrouvée avec des points en moins ?

- Oui, quatre.

- C'est ce que tu voulais me dire sur ce qu'il t'est arrivé sur la route ?

- Ben oui....

Le remords

L'œil était dans la tombe et regardait Caïn.
Victor Hugo – La conscience

Fabien nage jusqu'à la plage face à lui. L'eau est froide. La mer est légèrement agitée, mais il est bon nageur. Il sait qu'il pourra l'atteindre. Alors, il nage encore et encore, avec des temps de repos sur le dos pour reprendre son souffle. Pourvu qu'il ne tombe pas sur des courants contraires qui le repousseraient vers le large. Dans ce cas, il sait qu'il doit nager parallèlement à la grève pour aller chercher le courant qui se dirige vers la plage. Devra-t-il alors bifurquer sur la gauche ou la droite ? Il fera son choix au moment voulu. Voilà probablement une demi-heure qu'il nage en alternant nage et repos. A ce rythme, il en aura encore pour autant. Il est confiant dans ses forces.

Le navire où il était second vient de sombrer. Il sait que l'île en face de lui est petite et inhabitée. A priori, il est le seul survivant. Il pense qu'il va ressembler à Robinson, sans Vendredi ! Comment fera-t-il ? Il avisera bien sur place.

Mais que lui a-t-il pris d'allumer cet incendie dans les soutes ? Tout cela parce qu'il était excédé par ce capitaine pacha odieux. Fabien pensait avoir bien organisé son forfait incendiaire. Il ne comprend pas cette explosion pendant que tout l'équipage combattait le feu et qu'il restait seul à la barre. Que s'est-il passé ? L'enregistrement des marchandises ne mentionnait pas de matières explosives. Y aurait il eut des déclarations falsifiées ? Cela expliquerait-il le comportement du capitaine si disert lors de l'embarquement et si prompt à s'investir dans le combat contre le feu comme Fabien ne l'avait jamais vu ?

Et puis cet énorme remous pendant qu'il commençait à nager et qui a failli le couler lui aussi. Le navire seul ne pouvait pas le produire. Il fallait certainement une deuxième explosion encore plus forte, dévastatrice, pour occasionner une sorte de tsunami. De quoi ébranler un quartier !

Toujours est-il que Fabien s'en veut maintenant d'avoir manigancé ce qu'il voulait faire passer comme un incident majeur à la charge du capitaine. Et il s'en veut aussi pour la perte de tout l'équipage : 12 amis qu'il ne reverra plus jamais et qui ont atrocement péri par cette incompréhensible explosion. Comment pourra-t-il vivre avec cette image du navire sombrant dans la mer avec ses 12 camarades de navigation ? 12 copains qui auraient tous apprécié l'enfermement de cet insupportable capitaine. Comment envisager l'avenir avec le poids de la responsabilité de son geste ? La méconnaissance des marchandises transportées ne suffira jamais à atténuer sa douleur morale.

Comment Fabien pourra-t-il supporter ce désastre humain par sa faute, se disait-il en progressant vers l'île.

Aura-t-il le moyen de soulager sa conscience qui le ronge depuis cette explosion qui l'a projeté de son poste de pilotage vers l'eau ? La chance l'a fait passer sans grand dommage à travers les vitres soufflées par l'explosion. Seul le contact violent avec l'eau l'a ramené à la réalité et lui a fait prendre conscience des événements.

Maintenant qu'il est seul en vie, il se dit que l'explosion aurait dû le tuer lui aussi. Au moins n'aurait-il pas à supporter ce poids sur ses épaules. Mais, se dit-il, son maintien en vie n'est juste qu'un sursis avant de se retrouver tous dans l'au-delà, s'il existe. Et s'il existe vraiment, il va avoir tout l'équipage contre lui. Chacun doit déjà fourbir ses armes. Il va falloir qu'il se prépare !

Fabien approche de la grève, maintenant poussé par les vagues. Quelle île va-t-il découvrir ? Sur la carte maritime, il se souvient d'un petit point. Probablement une île minuscule. Certainement pas fréquentée, habitée par une faune de petite taille. De gros animaux n'auraient pas assez de ressources alimentaires pour y subsister. C'est déjà une crainte en moins. Mais que fera-t-il sur cette île ? Comment pourra-t-il s'en échapper ? Il verra bien après s'y être échoué. Mais déjà Fabien se sent préoccupé par la future situation qui n'est que la conséquence de son geste stupide. De plus, l'inévitable ennui qui va ponctuer ses journées va faire ressurgir ses problèmes de conscience. Continuellement il se remémorera les derniers instants de ce drame et tous les souvenirs plaisants des moments passés avec ses coéquipiers. Mais il pensera aussi aux angoisses des familles de chaque membre de l'équipage qui auront perdu toute trace des leurs, n'auront aucune information pour évaluer le lieu du drame, pour repérer le navire. Fabien imagine toutes ces familles se retournant contre l'armateur, faisant probablement corps pour tenter des actions en justice, toutes ces longues attentes avec leurs avocats, et probablement aucune réponse à leurs interrogations. Fabien se représente bien que lui seul pourrait apporter les réponses, mais uniquement s'il peut revenir vers la civilisation après ce séjour assurément sauvage. Ses proches seraient heureux de le retrouver. Mais qu'en serait-t-il des autres familles? Croiront-elles les explications qu'il fournira ou qu'il devra inventer. Il faudra alors qu'ils fassent venir une commission d'enquête, à moins qu'il simule une amnésie...

Fabien approchait de la plage. Dans quelques minutes il aura pied. Il est sauvé, sain et sauf, pour l'instant, épuisé par cette nage de plus d'une heure, malgré les temps de pause. Déjà, il commence à observer au-delà de la baie : en face, sur les côtés, à la lisière de la végétation et derrière les rochers.

Il s'arrête de nager, se redresse progressivement. Il sent le fond. C'est du sable. Il avance précautionneusement, à la fois en observant cet environnement inconnu, les éventuels mouvements d'animaux sauvages, et évitant de marcher sur des rochers encore invisibles sous l'eau, ou sur un crustacé agressif. Il s'arrête parfois pour écouter, parfaire son observation et aussi choisir le chemin de sortie de l'eau. Au milieu de la baie ? Ou vers la gauche à proximité des rochers ? Ou encore sur la droite vers la végétation qui pénètre dans la mer telle une mangrove ?

Finalement, Fabien opte pour le centre. En cas d'agression, ce sera la voie de repli la plus rapide pour pénétrer dans l'eau, en supposant que l'agresseur déteste se mouiller, ce qui n'est pas garanti.

Alors qu'il a de l'eau au-dessus des chevilles, Fabien ressent un tremblement sous ses pieds, comme si le sol se dérobait.

- Bon sang, que se passe-t-il ? se demande Fabien. Un tremblement de terre ? C'est bien ma veine !

A sa grande surprise, l'eau lui est remontée au niveau des genoux. Craignant vraiment un tsunami, Fabien se précipite vers les débuts de la végétation en avisant l'arbre qu'il avait repéré sur lequel il pourrait grimper précipitamment. Dans la surprise, il lui a semblé entendre un grondement.

Puis subitement, un formidable geyser surgit de la zone du naufrage, suivi d'un nouveau tremblement du sol. Plus de doute, toutes ces manifestations du sol viennent du navire.

- Mon dieu, les explosions du bateau ont certainement ébranlé l'île ! Tout est de ma faute ! Le sol risque de se dérober sous mes pieds ! Quelle galère ! Dire que j'en suis l'auteur... Mais qu'est-ce qu'il m'a pris de faire cette énorme connerie !

A ce stade, Fabien avait atteint la lisière et commençait à grimper à l'arbre. Tout se bousculait dans sa tête. Le comportement du capitaine, l'incendie, l'explosion, ses collègues, son avenir de Robinson... Il lui fallait absolument réfléchir à sa situation.

Et quelle situation !

Seul sur une île, sans provision, sans moyen de communication. Son seul espoir : le passage d'un bateau. Mais quel navigateur penserait utiliser cette route maritime comme l'a décidé le capitaine fou, probablement à cause de la cargaison illicite ?

Sinon, il va lui falloir construire son propre moyen de navigation, assurer sa subsistance avec ce qu'il va trouver sur place. Une vie inattendue, sauvage et solitaire de Robinson commence aujourd'hui.

Comme il réfléchit à cette situation, un tremblement se renouvelle accompagné d'un grondement. Les arbres vibrent, faisant bruisser fortement les feuilles, comme par grand vent. La mer se rapproche subitement par un petit raz de marée pendant que Fabien ressent de nouveau le sol s'enfoncer.

Punaise, pense-t-il, l'île s'enfonce à chaque tremblement ! Encore combien de fois ? Jusqu'où ? Les explosions du bateau ont vraiment miné l'île !

Alors que ces événements se produisent, le jour commence à céder la place à la nuit. Tout en ayant les sens en alerte sur son environnement, sur les vibrations et l'enfoncement du sol, Fabien commençait à ressentir la peur. Seul sur cette île, sans aucun contact avec les siens, accroché aux branches d'un arbre, sans connaissance de la faune, sans idée des possibilités de subsistance, et maintenant bientôt dans l'obscurité. A la latitude de son île de survie, proche de l'équateur, il sait que la nuit lui paraîtra longue, surtout dans la position simiesque où il se trouve. Alors, comment passer ces heures à venir ? Heures noires comme une nuit sans lune. Avec sa méconnaissance des habitants de l'île, il sait qu'il doit rester éveillé. Au sol, il risque de s'endormir plus facilement que dans sa position actuelle. Fabien ne veut pas prendre le risque d'un contact indésirable avec un animal hostile pendant son sommeil. Il doit toujours rester dans cet arbre, en état de vigilance. Mais sera-t-il capable de tenir toute la nuit ? La peur le tenaille, l'angoisse de s'endormir le prend aux tripes. Et l'inconscience de son geste ressurgit, ce petit incendie qu'il voulait provoquer et qui a dégénéré dans cette situation totalement inattendue et désespérante. Encore une fois, il s'en prend à lui-même, à sa décision, à son absence d'analyse sur le comportement du capitaine. Pourquoi n'a-t-il pas réfléchi plus loin que le bout de son nez ? Se dit-il. Il revoit le capitaine et ses co-équipiers se précipiter dans la cale pour éteindre le début d'incendie, et puis cette explosion, sa projection dans la mer, lui seul survivant.

Pendant que l'angoisse de sa situation sur l'île et la mémoire fraiche des derniers événements s'entrechoquent dans sa tête, Fabien commence à percevoir les bruits de la nuit qu'il n'avait pas réellement entendus jusqu'alors, comme si certaines vies s'éveillaient pendant l'obscurité. Le bruit des faibles vagues d'une mer calme s'ajoute au bruissement régulier et léger des feuilles, vite surpassé par un bruit de battements d'ailes et quelques criaillements entre volatiles. Il serait presque rassuré de savoir qu'il n'est pas le seul vivant sur cette île et qu'à force de patience, l'apprivoisement mutuel sera peut-être envisageable. Et puis sur une aussi petite île, ce ne peut être que des oiseaux marins. Cela permet d'envisager une subsistance, à condition de retourner sur la mer avec une embarcation à construire. A moins que ces oiseaux ne soient que de passage, ce qui augurerait de mauvais moments à passer sur cette parcelle de terre.

Pour la nuit, les oiseaux ne lui paraissent pas être un danger. Qu'en est-t-il des non volatiles ? Il n'entend rien, ne peut rien voir. Sa crainte : un animal silencieux s'approchant de lui par ruse. Des rampants ? Des petits mammifères ? Des insectes venimeux ? L'angoisse grimpe pendant l'attente. Evidemment, cette faune va surveiller les gestes de l'intrus, va attendre qu'il soit sans mouvement pour considérer que le moment de l'attaque est arrivé. Fabien le sait et ne cesse de bouger pour effrayer ses éventuels adversaires, mais aussi pour se dégourdir les membres. Il doit absolument rester éveillé. Sa survie en dépend. Et son angoisse monte régulièrement. Pas de lune : pas d'éclairage. L'obscurité participe à sa peur. Quelle heure est-il. Depuis combien de temps attend-il dans cette position ? Sa montre a disparu, probablement pendant son éjection de la cabine de pilotage, la preuve, les arrachements de peau sur son bras gauche, probablement contre un des montants des vitres. Ses craintes s'accroissent. Fabien n'entend toujours rien depuis le sol et craint toujours une morsure à l'improviste. La sentira-t-il d'ailleurs. Des insectes savent s'approcher de la peau et inoculer un venin après avoir anesthésié la zone de la piqûre.

Mon dieu, dans quelle galère me suis-je fourré ! se dit-il. Quelle horreur pour tous ceux que j'ai emmené derrière moi, et pour les leurs !

Fabien ne cesse de ressasser les conséquences de son geste tout en maintenant sa vigilance. Mais dans l'attente de l'aube, il sent que son cerveau ralentit progressivement. Il craint l'endormissement. Il faut absolument qu'il bouge sur son arbre pour se maintenir éveillé. N'ayant pas d'autres choses à faire que de rester attentif à son environnement, les pensées de Fabien reviennent incessamment sur les derniers événements, sur sa responsabilité. Il a beau tenter de penser aux siens qui seront bientôt sans nouvelles, les ressorts de la conscience le ramènent continuellement sur son geste inconsciemment meurtrier.

Il se voit devant un tribunal, expliquant sa malheureuse aventure. Il est même heureux d'y être : parmi les humains, les siens à proximité, même s'il doit se retrouver dans une cellule, une presque liberté en comparaison d'un emprisonnement sur une île hostile et inhabitée par des humains.

Mais la réalité est toujours devant lui, dans le noir, dans l'incertitude, dans l'angoisse de l'instant incertain d'après, et dans les sombres pensées de son forfait.

Verra-t-il le jour ? Celui du lendemain où il devra explorer cette île avec prudence, tenter de trouver les moyens de s'alimenter, et commencer à imaginer un mode d'évasion.

C'est vrai qu'il s'agira d'une évasion. Son geste l'a installé dans une prison, ouverte certes, mais limitée par la barrière de l'océan autour de lui. De plus, si Fabien ne trouve aucun moyen de s'en échapper, il sait que c'est une prison à vie, sans assistance médicale, sans échange. Tout au plus, sa prison durera un temps totalement indéterminé, ou bien déterminé par lui seul, par sa capacité à imaginer les moyens de s'en échapper.

Peut-être devra-t-il aussi se préparer à saisir l'opportunité du passage d'un navire à proximité. Mais alors cela voudrait signifier qu'il devra avoir l'œil presque constamment rivé sur l'horizon, à 360° autour de l'île. Il sait qu'il ne pourra pas tenir cette vigilance en permanence, ne serait-ce que pour sa survie quotidienne, son alimentation, sa préparation de départ. De l'intérieur de l'île, ou sur une des faces, il ne pourra pas observer l'horizon caché. Fabien n'a pas une tête d'aigle. Cela lui fait comprendre aussi qu'un navire pourrait passer sans qu'il s'en aperçoive ; il raterait alors la seule possibilité de signaler sa présence sur cette île ? C'est à devenir fou d'y penser !

Vraiment, quelle galère pour Fabien, quelle nouvelle vie d'enfer, et d'enfermement ! Au départ pour la simple idée de confondre son capitaine. C'était si bien pensé, mais si mal étudié. Et ses camarades qui gisent au fond de l'océan, à une heure de nage. Ils ne se rendent pas compte de leur nouvelle situation. Finalement, ils sont tranquilles, maintenant, mais qu'en est-il de leur âme ? se demande Fabien.

Alors que le jour commence à poindre, Fabien s'étonne d'entendre si près les remous des vagues. Comme si elles étaient sous lui, l'arbre les pieds dans l'eau. Non ce n'est pas possible ! La végétation autour de l'arbre n'est pas de type submersible. Il est possible que la fatigue lui joue des tours. Il a réussi à veiller toute la nuit. Fabien comprend que ses perceptions sont modifiées par son état. Il va falloir qu'il se repose à un moment, mais pas avant d'avoir examiné l'île pour décider d'un emplacement plus sûr pour les jours suivants.

L'obscurité s'effaçant progressivement au profit d'une clarté de plus en plus visible, Fabien constate que les vagues viennent bien frapper le pied de son perchoir. Sa perception précédente était donc bien une réalité. L'eau atteint un niveau anormal pour cette végétation inappropriée au contact avec l'eau salée. Fabien, vieux loup de mer, ne peut pas imaginer, avec les dernières prévisions météo à sa connaissance, qu'un phénomène marin puisse produire cette élévation subite du niveau d'eau au point de recouvrir une zone inhabituelle. Cela voudrait-il dire que le sol s'est encore affaissé, doucement, pendant la nuit ? Et donc que l'effet des explosions du navire continuent leur travail de sape sur l'île ?

- Non, l'île ne va pas s'enfoncer irrémédiablement dans l'eau ! crie-t-il désespéré.

- Que vais-je devenir ? Aurai-je le temps de construire un radeau, avec des provisions, et lesquelles ? et avec des moyens de pêcher ?

De nouveau, l'angoisse le reprend. Il était si heureux d'avoir passé la nuit sans encombre, bien qu'inconfortablement installé. Si fier de lui d'avoir résisté à l'endormissement, d'avoir évité les attaques d'animaux peut-être imaginaires, de pouvoir élaborer un projet d'évasion qui lui occuperait l'esprit, de presque jouer aux aventuriers. Et voilà que le remords le reprend. Chaque situation négative, conséquence de son geste, lui fait ressurgir le poids de sa conscience délabrée. De nouveau Fabien imagine les proches des marins l'interrogeant sur son comportement, il voit leurs regards noirs de colère, il entend les mots lourds de haine. Il n'arrive pas à extirper cette culpabilité de ses pensées, toujours présentes, toujours prêtes à rebondir à chaque brèche ouverte par le découragement du moment.

Comment pourra-t-il gérer ce lourd remords ? Peut-être le jour où il pourra rejoindre les familles et tout leur expliquer : le comportement du capitaine, l'accord d'une partie de l'équipage, probablement l'approbation des autres membres écartés du forfait, l'explosion, le bateau au fond de l'océan, sa survie et enfin son retour à la civilisation. Tout est inexcusable, mais au moins aura-t-il l'occasion de s'expliquer et peut-être d'alléger le poids de sa conscience ?

Maintenant, la clarté du matin permet de bien identifier tout ce qui l'environne. La forêt, la végétation, l'eau qui semble monter (par la marée ou par l'affaissement de l'île ?), les quelques oiseaux, qu'il sait marins désormais, et toujours pas de non volatiles.

Prudemment, il descend de son promontoire et décide d'aller inspecter l'île et surtout de trouver des zones sèches et de la végétation à manger. La nuit et la bise lui avait permis de sécher ses vêtements, mais il se retrouve les pieds dans l'eau à mi-mollet. Il s'enfonce vers le centre de l'île, pour chercher une zone hors d'eau, toujours à l'affut de ce qui pourrait bouger et lui nuire. Voilà plusieurs heures qu'il progresse dans tous les sens, et son constat commence à l'effrayer : il n'approche d'aucune montée. Pire, il a l'impression que le niveau d'eau s'élève inexorablement. Et si c'était juste la marée montante ? Il essaie d'évaluer l'heure avec la position du soleil. Marin averti, il est habitué à composer avec les astres de nuit et de jour. Il lui semble être dix heures au soleil. Il a commencé son exploration au lever du jour, vers six heures. Voilà donc quatre heures qu'il progresse sur l'île sans pouvoir mettre ses pieds au sec ! Dans deux heures, si le niveau de l'eau poursuit sa montée, il saura que ce n'est pas la marée, mais l'île qui s'enfonce régulièrement.

Et maintenant le ventre lui réclame quelques nourritures. Que va-t-il oser manger ? Quelles feuilles sont éventuellement comestibles ? Et si je me trompe, comment me soigner ? se dit-il. Fabien tente de mâcher quelques feuilles spongieuses à sa portée, à la fois pour y trouver un peu de subsistance, et aussi un peu de liquide frais pour se désaltérer. Mais il faut procéder par petites quantités et observer comment l'estomac apprécie ces nouveautés.

Tout en se prêtant à cette nouvelle expérience alimentaire, Fabien poursuit son exploration et constate avec de plus en plus d'inquiétude l'absence de sol sec. A midi, lorsque Fabien observe le soleil à son zénith, il pense avoir fait le tour de l'île et remarque que le niveau de l'eau ne redescend pas, bien au contraire ! Il lui arrive à mi-cuisse. Sa marche est de plus en plus pénible. Ses forces se réduisent par l'absence de nourriture substantielle, l'activité de son cerveau diminue. Il a besoin de sommeil.

- Mais où dormir ? se demande-t-il. Comme un écureuil dans les arbres ? Comment tenir ? Je n'ai pas vu de très gros arbres où je pourrais m'asseoir entre des grosses branches qui me caleraient. A tout moment je risque de chuter dans l'eau. Il faudrait que je fabrique vite un radeau retenu entre les arbres pour être au sec et allongé. Mais je délire, avec quoi couper des branches ? je n'ai même pas la possibilité de trouver une pierre, un silex comme mes ancêtres préhistoriques. Je suis encore plus démuni qu'eux !

Pendant ces réflexions, l'eau ne cesse de monter et lui arrive au-dessus de la ceinture. Fabien panique de plus en plus. La faim le fait dévorer des feuilles sans s'occuper des éventuelles conséquences gastriques. Pour la deuxième fois depuis sa présence sur cette île, il décide de monter à un arbre qu'il estime suffisamment gros pour s'y tenir assis, retenu entre deux branches principales.

Il voit le niveau d'eau monter le long du tronc de plus en plus vite. L'île s'enfonce irrémédiablement. Il voit sa fin arriver. Il n'aura même plus la force de nager, et jusqu'où d'ailleurs ? L'eau touche ses pieds. Il n'a même pas envie de remonter plus haut, et pour quoi faire ? Repousser sa fin ?

Il se met à délirer.

CAPITAINE, CAMARADES, EXPLOSION, FAMILLE…..

Et il s'enfonce dans les flots, définitivement, emportant avec lui le remords qui n'a cessé de le ronger depuis son geste fatal.

L'expérience de Dieu

Cela ne vous est jamais arrivé de vous tromper ?
Eh bien, moi, oui…

Je voulais créer un monde parfait, comme moi.

Et finalement, regardez ce qu'il s'y passe : des guerres, des viols, des hommes qui se veulent supérieurs aux femmes, des crédulités, des religions aux emprises abusives, des déloyautés, des tromperies, des meurtres, des jalousies… et j'en passe.

Bref, trop de situations qui ne me permettent pas d'être fier de mon œuvre.

Bien sûr, quelques personnes sont dignes : mère Teresa par exemple qui s'est donnée à tant de personnes, mais justement pour tenter de compenser tout ce que les autres n'assumaient pas, ou avaient généré comme inégalités et absence de solidarité entre eux.

Non, ce que j'ai produit ne mérite pas de se retrouver dans les livres d'histoire. La prochaine fois, je devrai faire mieux…. S'il y a une prochaine fois…

Pourtant, tout avait bien commencé.

En cinq jours, j'avais créé l'univers, les plantes, les animaux. Le sixième, j'ai créé l'homme puis la femme. Le processus était particulier cette fois-ci : j'avais prélevé une côte dans la poitrine d'Adam, qui n'avait pas protesté, sans anesthésie (essayez-le sur vous et vous m'en direz des nouvelles), côte à partir de laquelle j'avais créé Eve. Le premier couple humain existait dans ce monde idyllique, un paradis, que j'avais nommé Eden, et qui était le résultat fantastique de mes cinq premiers jours. Tout était en place pour qu'ils y soient heureux, procréent dans la joie. D'ailleurs, ils n'ont pas tardé à me faire ces deux petits, Abel et Caïn, si mignons, adorables dans leurs premières années, gambadant comme des cabris dans la végétation, respectés des autres espèces vivantes, comme ses parents, sans souci pour leur avenir.

Mais voilà que Caïn, jaloux d'Abel, en devient le meurtrier. Je ne le voulais pas ! Qui aurait pu prévoir un tel acte ? J'avais fait l'homme à mon image, à commencer par cette première famille en qui j'avais fondé tous les espoirs de bonne conduite, de fidélité et de respect.

Quelle déception ! Une expérience qui foire dès le début. Et comment rattraper le coup ?

Bien sûr, j'ai eu le plaisir de voir arriver Seth dans le couple. Adam avait quand même déjà 130 ans. Je sais qu'on vivait vieux à cette époque. Pour ce premier couple, Seth était le remplaçant d'Abel. Il en fallait bien un pour contrebalancer l'existence désastreuse de Caïn dont je n'étais pas très fier. Heureusement, il eut une descendance dans laquelle on reconnaîtra Noé à qui j'ai demandé de sauver un maximum d'espèces d'animaux au moment du déluge. Il faut dire qu'à l'époque, on ne parlait pas de protection de l'environnement ni de préservation de la faune. En quelque sorte, j'étais un avant-gardiste.

Mais la descendance de Caïn n'a cessé de m'inquiéter. C'est pour cela que j'ai déclenché cet énorme tsunami où normalement seul Noé, quelques-uns de ses proches et cette fameuse ménagerie devaient seuls subsister. A observer les comportements humains postérieurs, je pense que certains descendants de Caïn ont dû passer à travers les averses du déluge. Manifestement, quelques paramètres de mon expérience n'ont pas été suffisamment maîtrisés.

Puis, que dire aussi de ma décision lors de la construction de la tour de Babel ? Les humains voulaient se rapprocher du ciel et de ma personne. Et moi, bêtement, j'ai pris peur ! Peur qu'ils commencent à me ressembler ? C'est fou ! Si on revient quelques pas en arrière : mon objectif était que les humains soient fidèles à mon image. Bons, généreux, aimants, respectueux, humbles … toutes ces qualités qui donnent plaisir à côtoyer des semblables, à vivre en harmonie, à se comprendre, à échanger. C'était noble de leur part d'agir dans ce but, de construire cette tour. C'était un projet commun. Tout le monde agissait vers le même idéal. Et moi, j'ai fait en sorte de détruire cette tour, je les ai contraints à parler des langues différentes, et pour être sûr d'éviter la récidive, je les ai dispersés sur la terre !

Mais que diable (voilà que j'invoque maintenant mon ennemi !) ai-je eu dans le crâne à ce moment pour prendre une telle décision ? Peut-être le résultat d'un burn-out ? Pourquoi pas ? Il faut se rappeler que mon boulot est de suivre tout le monde (on dit bien que Dieu voit tout). C'est une tâche immense. Mettez-vous à ma place. En seriez-vous capable ? C'est une tâche surhumaine, mais je ne suis pas un humain. Il m'aurait peut-être fallu un adjoint. Cela aurait probablement évité cette bévue de Babel ; et alors, tout le monde parlerait la même langue. Laquelle ? Peu importe, mais cela aurait été tellement plus simple. Bien sûr, j'aurais supprimé plus tard des emplois de traducteurs, de professeurs de langues étrangères, ou de créateurs de logiciels de traduction. Mais comme la vie aurait été plus facile pour tous les humains !

Mais cette situation, complétée par les incompréhensions entre les tribus d'Abraham, a aussi généré un autre problème : toutes ces religions qui ne se comprennent pas, se tolèrent très difficilement, et dont le prosélytisme conduit parfois à des exactions et des souhaits d'hégémonisme avec des guerres de religion.

Bon, dans ma prochaine expérience, promis, j'utiliserai un adjoint (ou plusieurs) pour éviter ces erreurs.

Alors, vous comprenez, comme tout expérimentateur, j'ai tenté de modifier mon prototype. Par exemple, j'ai mis en place des plaies en Egypte. Cela peut vous paraître bizarre : moi, le parfait, malgré mon erreur de Babel, je décide encore de pénaliser des humains. J'avais aussi proposé à Abraham de tuer son fils Isaac, mais c'était juste pour le mettre à l'épreuve. Et c'est fou, Abraham allait le tuer ! Il a fallu que je l'arrête en lui faisant comprendre qu'il ne s'agissait que d'un jeu de rôle ! Mais là, en Egypte, je l'ai carrément fait, jusqu'à faire mourir des enfants en bas âge ! Vous vous rendez compte ? Moi, Dieu, j'ai décidé ces atrocités, tout cela pour qu'une partie de la population qui m'était restée fidèle puisse s'évader d'Egypte ! Et plus tard, lorsque Moïse et sa caravane longe le Sinaï, je le convoque sur les sommets pour lui dicter les tables de la loi dans lesquelles je demande de ne pas tuer son prochain !!! Exactement l'inverse de mon action égyptienne.

Encore une fois, j'ai déliré. Un autre burn-out ? Et je ne comprends pas que malgré tout cela certains restent encore attachés à mon concept !

Après tous ces épisodes incohérents, je devais me racheter de toutes ces imbécilités.

Alors, j'ai fait venir mon dernier atout : Jésus. Là, j'ai usé de toutes les astuces possibles. A commencer par sa mère, Marie, qui a enfanté tout en étant vierge. Je sais, c'est incompréhensible. Mais cela a fonctionné ! Je veux dire, nombreux sont ceux qui y ont cru. D'ailleurs, je ne dirai pas si cela est vrai ou s'il s'agit d'une supercherie. J'attends que quelqu'un trouve la solution.

Et puis, concernant Jésus, j'ai fait en sorte qu'il exerce des pouvoirs qui pourraient s'apparenter à des tours de magie : transformer l'eau en vin, marcher sur l'eau, guérir un paralytique…. Là aussi, comme le cas de Marie, bien malin celui qui prouvera qu'il s'agit de véritables pouvoirs ou de prestidigitation.

Mon plus beau moment, c'est quand je l'ai fait livrer à ses ennemis pour le faire crucifier. Je savais que j'avais le pouvoir de le ressusciter. Pour une fois, c'était un faux assassinat. Pas comme en Egypte avec les nouveaux nés…

Là enfin, dans cet épisode de Jésus, que tout le monde considère comme mon fils spirituel, je n'ai tué personne. Et vous ne trouverez que des bienfaits pour ceux qui se sont trouvés sur son chemin. Néanmoins encore une fois, je ne vous dévoilerai pas mes astuces.

Ma plus belle fierté, c'est le slogan que j'ai mis dans sa bouche : « aimez-vous les uns les autres ». Je comptais sur l'exemple de la vie et des exploits de mon protégé, jusqu'à l'idée de son sacrifice suprême pour faire valoir cet adage.

Je croyais que cela allait prendre. Malheureusement, la mayonnaise a mal tourné, à mon grand désarroi ! Je m'explique :

Ce n'est pas simple d'introduire un concept opposé aux habitudes, même s'il est beau. Avec Jésus, je me suis attaqué à de nombreux intérêts. Ses apôtres et leurs successeurs ont eu beaucoup de peine pour la mise en place de cette nouvelle idée portée par mon slogan. Nombreux sont ceux qui ont souffert jusqu'à la perte de leur vie. Malgré tout, mon concept s'est progressivement implanté. Mais pour lui apporter des espoirs de pérennité, des personnages institués en patrons religieux ont malheureusement décidé des règles de fonctionnement et de comportement qui ont pris le dessus sur mon concept originel.   Ce dernier s'est ainsi retrouvé noyé dans un magma de dogmes obscurs facilitant la gestion de la religion en s'appuyant sur la crédulité des membres.

Et là, je n'avais plus la main. Vous comprenez bien que si j'en avais eu encore une quelconque maîtrise, j'aurais instruit les membres au lieu de les maintenir dans une nécessité de croyance sans réflexion personnelle. J'aurais aussi évité cette emprise abusive de l'église sur les croyants. Je n'aurais pas accepté de contenir les croyants par l'idée du péché. Pourquoi leur faire si peur et les rendre aussi peu créatifs par la même occasion ? Je leur aurais apporté des capacités de discernement pour qu'ils aient une liberté personnelle de pensée, une capacité à se faire leur propre opinion, décider par eux-mêmes. Ils n'auraient pas été autant en état de dépendance des règles absurdes. Cela aurait généré une plus grande exigence auprès de leurs chefs religieux et évité des crédules qui gobent tous les enfantillages émis par ces référents prétentieux. Peut-être que cela aurait aussi évité tous ces nationalismes stupides. J'aurais cru immédiatement en Copernic et Galilée qui apportaient un éclairage savant sur le monde que j'avais créé. Ils avaient compris une partie de mon œuvre, eux.

Dire que tous ces chefs exercent leur activité en mon nom !

Heureusement, certains ne s'y sont pas laissés prendre. Luther et Calvin, par exemple, ont cherché à s'extraire de ces règles néfastes.

Alors, finalement, que vous considériez tout ce que l'on a dit de moi comme une farce ne me surprendrait pas, et comme je vous comprendrais !

Il reste une question abordée au début : ferai-je d'autres expériences ? Eh bien, je ne sais pas encore. Tous ces insuccès me font peur. Je m'aperçois qu'il ne faut pas lâcher la bride aux hommes au risque que certains se permettent des dérives si néfastes aux humains.

Alors, si je recommençais, je crois que je choisirais une autre planète où ne règnerait qu'une seule langue, où l'homme serait aussi un animal plus intelligent que les autres, mais respectueux du monde vivant et de son environnement pour y vivre une harmonie durable. Alors, je pourrais contempler mon œuvre enfin réussie, tout en jetant un regard régulier pour éviter ou corriger toute dérive néfaste au plaisir pérenne de l'homme.

Comme l'horloger qui maîtrise son horloge…

Le caoutchouc

Aujourd'hui c'est dimanche. Toute la famille termine son repas de midi, Henri, le père, Yvonne, la mère qui a pris tant de soins à le préparer et qui jouit de la dégustation partagée avec ses sept enfants chéris, puis Octave, le père d'Yvonne. Henri n'est pas très sensible aux plaisirs de la table, tout comme Octave qu'Yvonne a recueilli depuis la disparition de sa mère. Vieilli par les ans et par cette solitude, il participe de moins en moins aux travaux de la ferme familiale. Il faut dire aussi que sa difficulté grandissante à marcher l'oblige à utiliser une canne qui ne lui laisse qu'une main libre.

- Bon, les enfants, s'exclame tout d'un coup Henri, et si nous allions à la fête du bourg. Vous pourriez faire quelques tours de manège ?

- Oh oui Papa. Chouette ! Dis, on y va en autocar ?

- D'accord. Grand-père, vous venez avec nous ? Vous verrez vos petits-enfants prendre du plaisir à tourner sur les manèges.

- Ce n'est plus de mon âge, mon beau fils.

- Allez Papa, profite de l'occasion, lui répond Yvonne. L'autocar vous prend sur la place du village. Tu n'auras pas beaucoup à marcher. Et puis au bourg, tu verras tes copains. Tu as tant de plaisir quand vous êtes ensemble. Bien sûr, tu feras attention à la boisson !

- Bon, j'y vais. Et c'est moi qui paie les distractions de mes petits chéris, même s'ils sont aussi nombreux, disons, plus que je ne l'aurais souhaité pour vous.

- Allons, Papa, tu ne vas pas remettre cela ! Nous, on les adore nos sept enfants. Et puis c'est la nature qui nous a guidés. Allez, profite bien de ton après-midi.

Il faut dire qu'Octave est un têtu. Il est impossible de lui faire évacuer une idée qu'il a dans la tête. Avec Marie, sa femme, il n'ont eu que trois enfants. Pour lui, c'était bien suffisant pour assurer la succession dans la ferme sans trop la diviser lors de l'héritage. Sept enfants, vous vous rendez compte ? Il faut les nourrir, avoir des lits, des grandes chambres, une grande maison ; il faudra les éduquer, leur trouver un autre travail qu'à la ferme qui ne sera plus assez grande pour tout ce monde. C'est une misère que d'en avoir autant !

On est en mai. Plus besoin de se couvrir maintenant. On est sûr d'avoir une belle après-midi. Et puis, il faut revenir avant six heures pour les travaux de la ferme. Au retour, la fraîcheur du soir ne sera pas encore tombée.

Henri accompagné d'Octave, suivis des sept enfants se dirigent vers la place du village. Cinq minutes leur suffisent pour se retrouver devant l'arrêt de l'autocar, tout juste avant son passage.

Le véhicule s'arrête et le chauffeur ouvre les portes.

Voyant cette famille nombreuse attendant pour monter, il leur signale que son autocar est déjà trop plein pour prendre tout le monde.

- Désolé, mais il ne reste que trois places. Mais si vous prenez les petits sur vos genoux, vous pouvez monter à six. Vous savez, aujourd'hui, tout le monde va à la fête du bourg !

- Bon, grand-père, vous montez avec les plus petits, et moi, je fais les deux kilomètres à pied avec mes deux grands.

- Il n'en est pas question ! c'est toute la famille ou personne !

- Mais Grand-père, profitez de l'autocar.

- J'ai dit non ! On y va tous à pied ! je suis encore capable de marcher avec ma canne !

Le chauffeur, surpris, referme les portes de l'autocar et reprend sa route vers le bourg, et la troupe familiale décide de faire le trajet à pied. Henri et Octave devant et les sept enfants à la suite.

Les enfants chantent en chœur des airs appris à l'école. Octave avance bien avec sa canne. Par facilité, il marche sur le macadam qui lui est plus aisé que la bordure herbeuse au sol inégal. Sa canne en bois produit un « tac » sonore à chaque pas, rythmant son avance. Octave aime bien ce son, comme un métronome, qui lui donne la cadence à tenir. Tac, tac, tac … Cela lui rappelle les souvenirs de l'armée, de bons moments passés avec des camarades de tous horizons, les marches dans la nature, pour lui qui adore cet environnement si familier. Tac, tac, une, deux, une, deux. Il ferait des kilomètres à ce rythme. Il est heureux d'avoir refusé de monter dans l'autocar et d'entrainer ses petits-enfants qui chantent joyeusement dans son dos. Heureux aussi d'être dans la nature.

Octave ne perçoit pas que son rythme n'est pas en phase avec les mélopées des enfants. Pour lui, le bruit répétitif de sa canne est comme le tic-tac de l'horloge : présent sans vraiment se percevoir. Mais on remarquerait son absence.

Henri, lui, est agacé par ce tac tac infini qui l'empêche de se concentrer sur ses pensées. Tac, tac, tac, tac…

- Ah, mais pourquoi ne marche-t-il pas dans l'herbe, se dit-il. On l'entendrait moins. C'est énervant à la fin ! Et on n'en n'est pas encore à la moitié du chemin !

Tac - il pleut il pleut – tac - bergère, rentre tes- tac - blancs moutons - tac….

- Dites, grand-père, vous avez essayé de marcher sans canne ? se risque Henri.

- Comment sans canne, vous voudriez que je me fatigue pour rien, mon beau-fils ?

- Non, ce n'est pas ce que je veux dire, mais cela vous oblige à la porter, et vous n'êtes pas libre de votre main !

- Quand vous aurez mon âge et mes difficultés, vous comprendrez.

Manifestement, Henri ne sait pas comment aborder son beau-père pour lui faire comprendre que le bruit de sa canne sur le macadam est agaçant.

Promenons-nous – tac - dans les bois, pendant – tac - que le loup - tac - n'y est pas – tac - si le loup y – tac – était, il nous – tac - mangerait …

- Mais grand-père, si vous marchiez sur l'herbe, votre canne ferait moins de bruit.

- Décidément, Henri, vous faites une obsession sur ma canne ! Et marcher sur le macadam est plus facile pour moi. Je le sais quand tous les jours je marche dans les champs pour vous aider dans votre ferme, qui était la mienne d'ailleurs !

Henri se sent désappointé par les réponses de son beau-père. Mais il retente sa chance :

- N'entendez-vous pas le bruit de votre canne quand elle frappe le sol ?

- C'est une canne. Rien de plus normal.

- Bien sûr, mais ce bruit répétitif ne vous gêne pas ?

- Non, je ne l'entends même pas.

- Pourtant, moi, je l'entends bien.

- Et alors ?

- Alors, c'est toujours le même bruit.

- Et puis ?

- Et puis j'ai du mal à entendre les enfants chanter.

- Moi, je les entends bien. Je ne suis pas gêné.

Le pauvre Henri ne sait vraiment pas comment exprimer son agacement à son beau-père.

- Cela ne vous gêne pas si je m'arrête pour une pause pipi ?

- Non, on vous attendra.

- Ne vous faites pas de souci, je vous rattraperai au bourg.

- Vous voulez faire le chemin sans nous ? Vous voulez nous fuir ?

- Non, mais j'ai une envie pressante, et je ne veux pas vous retarder.

- Eh bien, j'en profiterai pour me reposer un peu pendant cette halte que vous m'imposez.

- Je ne vous l'impose pas…

- Non, vous me la suggérez.

- Alors, excusez-moi, je passe derrière le bosquet.

Le prétexte d'Henri n'a pas fonctionné, mais il lui a fallu simuler son envie d'uriner derrière le bosquet. Revenu avec les siens, tout le monde reprend le rythme de la marche. Les enfants reprennent leurs chants :

Un kilomètre à – tac- pied, ça use, ça use, un – tac – kilomètre à pied – tac – ça use les – tac - souliers. Deux – tac - kilomètres à pied …

N'en pouvant plus, Henri se lance :

- Mais enfin, Grand-père, vous ne trouvez pas que le bruit de votre canne est énervant ?

- Moi non, je vous le répète, je ne l'entends pas.

- Alors, pourquoi je l'entends,… moi ?

- Bon sang, mais fichez moi la paix avec cette canne. C'est la mienne, elle me convient parfaitement, et je n'ai pas l'intention d'en changer !!!

- Mais alors, pourquoi vous n'y mettez-vous pas un caoutchouc au bout pour ne plus l'entendre ?

- Mon beau-fils, si vous aviez mis un caoutchouc là où je pense, nous serions dans l'autocar et nous n'aurions pas cette conversation !

Voilà qui était dit….

La réparation

Huit heures trente d'un matin pluvieux. Bertrand arrive à son bureau, déjà préoccupé par les dossiers à traiter dans la journée. Comme fréquemment, il croise son chef.

Et comme d'habitude :

- Bonjour Bertrand, comment vas-tu ?

- Bonjour chef, pas mal, et toi ?

Mais bien différemment de leur habitude :

- Bien, bien ! Dis, Bertrand, j'ai un petit souci avec ma tablette. J'ai acheté un logiciel, je l'ai installé, et je n'arrive pas à le retrouver sur ma tablette. Il s'appelle Monluc. Toi, t'es fortiche dans ce domaine. Je sais que tu vas le retrouver et me mettre un lien sur l'écran d'accueil.

- T'es sûr que c'est pour moi ? Je bricole l'informatique, mais tu sais que ce n'est pas mon métier !

- Oui je sais, mais je te connais. D'ailleurs, si tu vois que cela devient trop long, tu laisses tomber. Pas question de pénaliser ton boulot ! Et t'inquiète, je ne suis pas pressé pour la tablette. Garde la quelques jours. Quand tu peux, tu repasses à mon bureau et je te la donne.

- D'accord chef. J'espère que tu ne crois pas aux miracles.

Bertrand est sceptique.

Mon chef sait bien que je suis passionné d'informatique, se dit-il, mais quel espoir met-il dans mon intervention ? Qu'a-t-il derrière la tête ? Il aurait pu demander à Bastien du service informatique. Ils s'entendent bien tous les deux, du moins, c'est ce qu'on m'a dit. A deux, ils vont voir tous les matchs de basket du club de la ville. Ou alors, peut-être se sont-ils brouillés ? Cela expliquerait sa demande. Je vais essayer de savoir s'ils sont toujours copains. Vraiment, je ne comprends pas.

Bon, je vais passer voir mon chef pendant la pause, je vais récupérer sa tablette quand même pour y jeter un coup d'œil. La réparation sera peut-être facile. Et comme cela, j'aurai gagné un point dans son estime.

- Chef, je passe récupérer ta tablette.
- Ah merci Bertrand de t'en occuper. Je te fais confiance. Tu vas trouver.
- Dis chef, pourquoi tu n'as pas demandé à Fabien ?
- Fabien ?
- Ben, c'est quand même un informaticien. C'est dans ses cordes ?
- Oui effectivement, mais Fabien part en déplacement pour une semaine. Si je peux retrouver ma tablette avant.
- Oups, tu me mets la pression !

- Ce n'est pas ce que je voulais dire, mais je te connais. Je te l'ai dit : ne passe pas de temps dessus. Si tu ne trouves pas, j'attendrai le retour de Fabien comme tu me l'as proposé.

- Et si je n'y arrive pas ?

- Je te l'ai dit, Bertrand, c'est juste pour me dépanner.

En repartant avec la tablette de son chef, Bertrand se dit qu'il aurait dû insister sur la question en cas d'échec. Qu'en penserait son chef ? Bertrand se sait estimé par son patron, mais une déficience en-dehors de sa fonction peut-elle altérer son appréciation ? Bertrand en a peur. Régulièrement, au cours de ses trajets domicile-travail, il se pose cette question sur ses propres limites au-delà de son expertise propre. Parfois aussi dans le regard des autres, il lui semble remarquer des soupçons. Lesquels ? Jamais il n'a osé demander à ses collègues ce qu'ils lui reprochaient éventuellement, si tant est qu'ils avaient des reproches à son encontre... Mais comment le savoir ? Bertrand avait constamment ce souci de bien faire, autant par amour propre que pour les conséquences positives ou négatives que ses actions pouvaient engendrer sur sa rémunération et son avancement.

Et voilà qu'il se retrouve avec cette situation inédite pour lui : l'aide demandée par son chef en dehors de sa fonction habituelle. Même si Bertrand est assuré de lui trouver la solution, il est persuadé qu'il se retrouve en phase de test !

Depuis trois ans qu'il fonctionne avec ce chef, Bertrand n'a jamais été confronté à un tel épisode qui l'angoisse autant.

Il se rappelle son frère Patrick, l'année dernière, qui n'avait pas supporté la responsabilité de son nouveau poste. Il avait mis fin à ses jours. Toute la famille le craignait pendant trois mois, son frère ne dormait plus. Il ne comprenait pas qu'on lui ait proposé ce poste, aux contours mal définis. Les contours, il les a compris plus tard, quand il a dû s'y plonger. Et il n'a pas osé revenir en arrière, par amour propre. Il ne voulait pas montrer son erreur d'appréciation. Comment aurait-il supporté les ricanements de ses collègues après un désistement ? Et puis sa femme était trop fière de la nouvelle position de son mari... et du salaire, tout en regrettant toutes ses fins de journées tardives. Mais, disait-elle, on ne peut pas tout avoir !

Bertrand s'en veut de ne pas avoir aidé son frère, de n'avoir pas assez insisté pour opérer un retour au poste précédent. Il aurait dû l'accompagner pour l'aider à gérer ce retour à la case départ. Il serait encore là. A force, le temps aurait fait son travail. Ses enfants auraient encore le plaisir de l'embrasser tous les jours.

Et maintenant, Bertrand s'en veut de ne pas avoir les éléments pour apprécier sa propre situation. Pourtant, ce n'est pas grand-chose : juste un logiciel à récupérer. Il est probablement dans la poubelle de la tablette. Et ce sera certainement tout simple de le restaurer pour le plaisir de son chef. Mais une fausse manœuvre de sa part, et son chef sera déçu ; puis Bastien, appelé à l'aide, ne pourra pas non plus réparer cette bévue, laissant comprendre qu'une précédente manipulation aura fait capoter la restauration du logiciel. Et là, Bertrand perdra l'estime de son chef !

Mon dieu, se dit Bertrand, quelle galère ! Quelque chose de si simple, et je me fais du mouron. Mais pourquoi mon chef ne peut pas attendre le retour de Bastien ? Cela aurait été si simple !

Mon chef ne pouvait-il pas voir que j'allais mal supporter cette épée de Damoclès ? Il ne se rappelle plus le cas de mon frère ? Il devrait s'en souvenir ! Tout le monde, la direction, les chefs de service, même la presse locale, s'étaient dit « plus jamais cela ! ». Et voilà qu'on recommence !

Il sait que je suis fragile. Il sait que je ne souhaitais pas étendre mon poste au-delà de mes compétences. C'est comme s'il l'avait oublié ! Ou alors, c'est un coup monté de sa part pour me déstabiliser ! Et si c'était pour me faire démissionner ? Mais pourquoi me faire partir ? Comment je peux savoir la vérité dans tout cela ? ... Il me teste, ça c'est sûr ! Au fait, Didier part en retraite dans quatre mois. A tous les coups, je suis sur la liste des remplaçants potentiels ! Il aurait dû me demander si ce poste m'intéresse au lieu de procéder en catimini !

Bertrand revient à son poste, bouleversé et décontenancé par toute ces réflexions. Il pose la tablette sur son bureau et la démarre. Effectivement, le logiciel n'y est pas. Mais il ne se sent pas apte à manipuler. Il a trop peur de faire une erreur fatale. Il l'arrête et l'emportera chez lui. Il en discutera avec sa femme pour avoir son avis sur cette situation devenue embarrassante par toutes les incertitudes apparues au fil de ses réflexions. La connaissant, elle va certainement le rassurer ; et rasséréné, il pourra se consacrer à la réparation.

Le lendemain, Bertrand commence sa journée dans le bureau de son chef : il lui remet la tablette réparée.

- Super, Bertrand ! Merci. J'en étais sûr que tu allais trouver l'astuce pour restaurer le logiciel. Je ne doutais pas de toi ! Je vais pouvoir retravailler avec. J'ai un travail perso à réaliser pour une association, et je ne peux le faire que sur la tablette. Bravo, tu m'as rendu un sacré service !

- Tu n'en fais pas trop, chef ? Tu n'as pas cherché à me tester ?

- ???

- Tu veux me proposer un autre job ?

- ???

- Ou tu veux ma démission ?

- ???

- Tu savais que rien d'autre ne m'intéresse que ce que je fais, et que j'angoisse à chaque éventualité de changement !

- Ecoute, Bertrand, rien de tout cela. Je savais que tu pouvais le faire ; la preuve, tu y es arrivé. Je ne t'ai positionné sur aucun autre poste que le tien. Puis il n'y a aucune raison que tu partes de l'entreprise. Et c'est totalement personnel. Je comptais juste sur notre amitié.

Bertrand sort du bureau de son chef en pensant à son frère qu'il n'a pas su accompagner. Qui l'aidera, lui ?

L'interview radiophonique

IT : Bonjour Etienne Yanual. Encore une fois, nous avons le plaisir de nous retrouver pour un échange, cette fois-ci sur votre dernier recueil de nouvelles que j'ai lu d'un trait. Comme toujours, vous êtes divertissant, créatif et multigenres.

EY : Eh bien, merci Isabelle Tavernier de m'avoir de nouveau invité. C'est un plaisir de converser avec vous et de partager ce moment avec vos auditeurs.

IT : Etienne Yanual, quel était votre état d'esprit pendant l'écriture de ces nouvelles ?

EY : Toujours dans le plaisir de transmettre des idées, des réflexions avec parfois un peu d'humour. Je ne sais pas si cela est perçu de cette façon.

IT : Eh bien, nous aurons l'occasion d'en parler après une page de publicité.

Plus un geste ! Je vais te nourrir pendant que tu tiens l'étagère sur le mur. Mais cela va durer combien de temps ? Oh quelques heures pour le séchage…. Sinon, il y a Coltou. Coltou, une gamme de colle et de joints étanches utilisée par les pros, disponible pour les particuliers dans les grandes surfaces de bricolage. Utilisable en intérieur et extérieur pour coller, jointer. Prêt à tout avec Coltou. Coltou, les colles qui conviennent à tout.

IT : Merci chers auditeurs d'être restés à l'antenne de « un jour un auteur ». Aujourd'hui, nous recevons Etienne Yanual pour son dernier recueil de nouvelles. Etienne Yanual, pourquoi le format des nouvelles et non pas des romans ?

EY : Oh vous savez, c'est assez simple. Je fourmille de mille idées, et je suis impatient de les faire partager. Ecrire un roman m'obligerait à retarder cet échange.

IT : Alors plus tard quand votre fourmillement se réduira ?

EY : Pourquoi pas ?

IT : Combien de temps durera ce fourmillement ?

EY : Aucune idée. Généralement, une idée en entraîne une ou plusieurs autres.

IT : Elles vous viennent de vous-même ?

EY : De moi-même, mais aussi de l'observation de mes amis, de ma famille, de tout ce qui m'entoure, du quotidien, dans la rue… que-sais-je ?

IT : Tout cela est bien intéressant. Avant de poursuivre, je vous propose une page de publicité.

Chérie, il y en a marre de gaspiller tout cet argent tous les mois. Avec 1200 euros par mois, Chantal est devenue propriétaire avec habitecheztoi.com. Grâce à habitecheztoi.com, tous les revenus peuvent accéder à la propriété. Avec habitecheztoi.com, vous pouvez bénéficier des meilleurs dossiers. Habitecheztoi.com, la bonne adresse pour votre future adresse.

IT : Je vous rappelle que nous sommes avec Etienne Yanual sur votre station de radio préférée. Etienne Yanual, pourquoi parfois le mode science-fiction ?

EY : Alphonse Allais écrivait, je crois : « Je m'intéresse à l'avenir parce que j'y passerai le reste de ma vie ». Et comme l'avenir est difficilement prévisible, je contribue à la rédaction des hypothèses du futur à mon modeste niveau.

IT : Vous êtes un homme d'avenir ?

EY : Du moins, je souhaite me préparer aux évolutions qui fabriquent l'avenir et y être le plus adapté possible, autant pour moi-même que pour mes proches.

IT : Et avant de revenir au présent, que diriez-vous d'une page de publicité ?

Bienvenue à Rêve Détente, le centre de remise en forme. Rêve Détente vous propose une offre Bien-être. Tous les jeudis, la séance de deux heures est à moitié prix. Oui, vous avez bien entendu : à moitié prix. Alors n'attendez pas : réservez de suite chez Rêve Détente pour une séance de rêve. Votre moment de détente.

IT : Nous sommes toujours en compagnie d'Etienne Yanual qui manie autant le passé, le présent que l'avenir. A propos du passé, dites-nous quelques mots sur Maître Fosselle.

EY : Eh bien, chère Isabelle, en voilà un qui ne s'est pas préoccupé de son avenir, engoncé dans ses succès du moment !

IT : Mais pourquoi l'avoir mis au XIXe siècle, c'est bien cela ?

EY : C'est exact, dans les débuts de l'éclairage électrique. Quand on a vécu comme nous dans le XXe et le XXIe siècle, avec toutes les commodités électriques dont on ne saurait plus se passer, il est facile de comprendre que la position de Maître Fosselle n'était pas tenable.

IT : Vous pourriez donner un autre exemple ?

EY : Bien sûr : pour plagier une très ancienne publicité : ceux qui ne croient pas au progrès aujourd'hui sont ceux qui ne croyaient pas à l'automobile au début du XXe siècle.

IT : Et vous pensez que c'est toujours vrai ?

EY : Bien sûr ! Par exemple, dans les années 1980-90, certains pensaient qu'internet serait éphémère, vite balayé comme un fétu de paille par le vent.

IT : Il serait intéressant de développer cette conversation concernant le regard sur le progrès. Mais nous avons plein d'autres sujets que nous aborderons après une autre page de publicité.

Je cherche quelqu'un pour tondre ma pelouse. Un collègue de travail m'avait parlé de maide.com. Alors je m'y suis inscrite et un jour un particulier a sonné à ma porte. Je lui ai montré le travail et il l'a réalisé. Formidable ! Pour tous vos travaux personnels : maide.com et tous vos tracas se résolvent.

IT : Etienne Yanual, pour revenir sur les deux précédentes conversations, vous auriez envie de relier Maître Fosselle à la pilule savante ?

EY : Pourquoi pas ? Laissez-moi réfléchir... Dans les deux cas, il s'agit d'un positionnement relatif sur l'échelle du temps.

IT : Pourquoi relatif ?

EY : Relatif par rapport à notre regard qui induit une évidence dans un cas et une incertitude dans l'autre.

IT : L'évidence serait les conséquences de l'aveuglement de Maître Fosselle ?

EY : Exactement, et l'incertitude, celle de la pilule savante.

IT : Incertitude totale ?

EY : Je pense que non : la volonté de l'homme le conduit à la recherche de la puissance la plus forte possible. On s'en rend compte avec les dimensions des entreprises de plus en plus grandes, des regroupements d'Etat pour créer des blocs, avec les exosquelettes pour augmenter la force physique de l'homme. Il y a fort à parier que la force intellectuelle suivra un chemin similaire.

IT : Beaucoup de progrès en perspective, avec toutes les précautions qui seront nécessaires à leur diffusion ! Mais nous avons encore d'autres sujets à aborder. Après cette page de publicité.

Mon dieu ! Ma vue baisse : je distingue mal les mots dans les magazines, les panneaux routiers sont devenus flous, je bute dans les passages de porte. Alors, je suis allé chez Belle Optique. Ils m'ont bien conseillé pour une facture modique bien remboursée. Belle Optique, la bonne tactique.

IT : Bien, pour continuer notre entretien, Etienne Yanual, je vous propose, de nous intéresser à des sujets plus légers. Pourquoi le caoutchouc qui se démarque des autres sujets sérieux ?

EY : Je crois que la vie est ainsi faite qu'elle réclame aussi des divertissements. Je suis persuadé que ces derniers participent à l'équilibre de l'être humain. Alors, j'ai envie de faire profiter de ces petits moments où l'on peut apercevoir un sourire sur le visage de mes interlocuteurs.

IT : Qu'en retirez-vous ? Etienne Yanual.

EY : D'écrire ces textes divertissants ?

IT : Surtout de provoquer le sourire.

EY : Le bonheur d'avoir apporté un moment de plaisir, surtout auprès des personnes tristes ou en difficulté.

IT : Le rire étant le propre de l'homme, et le sourire son corollaire, la publicité suivante vous apportera-elle du plaisir ?

Chez Chaussevite, l'été arrive vite. Une nouvelle collection de nu-pieds vous attend dans tous nos magasins. Vous y trouverez vite vos futurs nu-pieds. Et retrouvez toute notre collection sur chaussevite.com. Chaussevite, les nu-pieds qui vous vont comme un gant.

IT : Chers auditeurs, nous avons toujours le plaisir de converser avec Etienne Yanual, auteur de nouvelles aux thèmes si étendus. Et à ce propos, j'ai l'impression que vous éprouvez un intérêt pour la condition humaine. Autant vous souhaitez nous faire sourire pour notre bien, autant vous évoquez des situations de stress humain. Est-ce le cas de « la réparation » ?

EY : Effectivement. Il arrive que des managers mettent leurs collaborateurs dans des situations de stress inutiles.

IT : Vous pensez que le stress est inutile ?

EY : Il y a du stress positif, celui qui engendre de l'énergie. Celui-ci est très utile. Puis il y a le stress qui génère du découragement ou de la peur. Celui-ci est contre-productif. Il est généralement manié par les petits chefs.

IT : Vous êtes durs de les appeler des petits-chefs !

EY : Dur, peut-être, mais réaliste. C'est souvent l'incapacité du manager à gérer ses collaborateurs qui lui fait utiliser des méthodes de commandement déviantes.

IT : Mais comment y remédier ?

EY : Probablement par la formation, et par la capacité de leurs supérieurs à repérer les bons et les mauvais comportements de leurs collaborateurs managers.

IT : Clairement, vous êtes sensible aux traitements inhumains.

EY : Oui car certains conduisent au geste fatal. C'est ce que j'ai souhaité mettre en avant dans cette nouvelle.

IT : Le passé, le futur, le léger, l'humain, Etienne Yanual, votre palette semble large. Après cette publicité, une autre facette sera examinée.

Pour la Saint Valentin, du rêve et du magnifique chez Clinquant sont à votre disposition dans notre boutique de Percasse. Vous y trouverez le plus grand choix de beau et de chic parmi les plus belles marques. Alors, vite, un passage chez Clinquant, 20 rue de la gare 62487 Percasse.

IT : Et nous revoilà en compagnie d'Etienne Yanual qui nous fait réfléchir sur notre monde et notre condition à travers ses nouvelles. Etienne Yanual, Nathan le bienheureux est-il un genre particulier ?

EY : Particulier, je ne sais pas. Mais j'ai voulu évoquer le cas d'un ermite moderne.

IT : C'est assez étrange. L'ermite renvoie aux images anciennes de celui qui se retire dans la montagne ?

EY : Bien sûr. Mais j'ai voulu casser l'idée en l'installant dans les airs. On peut être ermite au sens ancien tout en bénéficiant de la technologie pour atteindre ce statut.

IT : Et vous y avez mis un sens écologique.

EY : Oui, au sens où Nathan était dans cette mouvance, et aussi au sens où les dernières recherches ont montré la capacité à se mouvoir dans les airs avec uniquement de l'énergie solaire. Je pense au projet Solar Impulse de Bertrand Piccard.

IT : N'est-ce pas aussi une façon de relier le passé et l'avenir ?

EY : Il me semble que l'un et l'autre sont indissociables. L'avenir prend appui sur le passé que des esprits créatifs essaient continûment d'améliorer.

IT : C'est un retour à l'échange sur le progrès ?

EY : Tout est lié. Le présent n'est que le futur du passé et le passé du futur. Il en a toujours été ainsi et je ne vois pas ce qui pourrait l'arrêter.

IT : Sauf une révolution ?

EY : Il faudrait qu'elle soit mondiale. Sinon, il y aura toujours un endroit sur terre où la volonté de progrès continuera à s'exercer.

IT : Ne souhaitons pas cette révolution et espérons dans les bienfaits du progrès. Bienfaits, c'est ce que vous propose la publicité suivante.

Julie et Adrien, propriétaire du restaurant Mangebien, en plein cœur du charmant village médiéval de Sitélac, vous accueillent pour déguster les plats de terroir. Laissez-vous aller dans ce cadre chaleureux et savourez les spécialités locales. Restaurant Mangebien, place de la Mairie à Sitélac. Vous y reviendrez.

IT : Notre émission approche de la fin. Etienne Yanual, dans le sujet précédent, la conscience de l'homme prend-elle une grande importance ?

EY : Certes, et elle peut être source de remords. C'est ce que j'ai voulu mettre en exergue dans « Le remords ».

IT : Je ne voudrais pas être à la place de votre personnage !

EY : Moi non plus. D'autant plus qu'il tombe dans un abîme irréversible.

IT : C'est le moins qu'on puisse dire.

EY : Un acte, si petit soit-il, peut engendrer de grandes catastrophes.

IT : L'effet papillon ?

EY : Tout à fait. Dans cette nouvelle, une mauvaise analyse de la situation rend l'acte initial extrêmement meurtrier.

IT : Il y a une morale ?

EY : Au moins réfléchir avant d'agir. Comme disait Einstein :
« il n'y a rien de pire qu'une idée quand c'est la seule que
l'on a ». Alors, méfions-nous de nos propres déductions.

IT : Nous sommes à la fin de l'émission, mais avant de passer
à la conclusion, voici une dernière page de publicité.

*Avez-vous approché les lions de la savane ? Ils sont
vaillants parce qu'ils mangent la chair onctueuse et
fraîche du gibier. Tout comme celle de Naturgib.
Naturgib, la gestion écologique de la faune. Avec
Naturgib, je protège l'environnement. Rendez-vous
sur Naturgib.fr.*

IT : Pour aujourd'hui chers auditeurs, nous voilà au terme de
« Un jour, un auteur ». Etienne Yanual, quels derniers
mots souhaiteriez-vous apporter aux auditeurs ?

EY : N'oublions pas que nous venons du passé qui peut être
bien différent de notre avenir. Mais tentons de
transmettre une continuité dans nos valeurs comme le
respect, la tolérance et l'humilité, valeurs essentielles à
mes yeux qui permettent d'aborder l'avenir avec
l'humanité requise.

IT : Merci Etienne Yanual pour cette conclusion et pour cet
entretien enrichissant.

EY : Merci à vous, Isabelle, pour cette invitation et pour vos
questions et remarques pertinentes.

IT : Chers auditeurs, nous vous disons au revoir, et au plaisir de vous retrouver demain pour un nouveau « Un jour, un auteur ».

Table des matières

Edition : BOD – Books on Demand
12/14 rond-point des Champs Elysées, 75008 Paris
Imprimé par Books on Demand, Norderstedt, Allemagne
ISBN : 978 2 322 16444 8
Dépôt légal : octobre 2018